Report
eines Wehrpflichtigen

der

Nationalen Volksarmee

der DDR

Impressum

Umschlaggestaltung: Bernd Ozminski

Auflage 2014

ISBN-: 9783732291687

Herstellung und Verlag:
BoD - Books on Demand, Norderstedt
www.bod.de

Vorwort

Die Nationale Volksarmee der Deutschen Demokratischen Republik wurde 1956 als Freiwilligenarmee gegründet. 1962 beschloss die Regierung die Einführung der allgemeinen Wehrpflicht.

Trotz vehementen Fachkräftemangels, deren Ursachen in der Abwanderung vieler junger Menschen in den Westen des geteilten Deutschlands vor 1961 lagen, hatte die Ausbildung von Offizieren und Unteroffizieren absolute Priorität.

Im heimatlichen Wehrkreis entschied die Musterungskommission meinen Einsatz bei den Flugzeugabwehr-Truppen.

Der Standort hieß W., eine der vier Abteilungen, die dem Regiment in P. unterstellt waren.

Über vielfältige Erlebnisse, die den Dienst eines Wehrpflichtigen in der NVA charakterisieren, wird in 15 Kapiteln berichtet. So beginnt folgerichtig der Titel des Buches mit: „Report eines Wehrpflichtigen ...“.

Der undisziplinierte Zwischenruf des Kommandeurs der Luftstreitkräfte in die harsche Kritik eines Geschwaderführers, die strapaziösen Tage im Manöver einer Fla-Raketeneinheit, unliebsame Erfahrungen mit Vorgesetzten auf dem Kasernenhof oder ein angetrunkener sowjetischer Fähnrich in der Uniform eines Unteroffiziers der NVA auf einem Barhocker bilden neben weiteren unterhaltsamen Kapiteln den Inhalt des Buches.

Im Januar 2014   Bernd Ozminski

Inhalt

Im Wehrkreiskommando

Die Verteidigungsbereitschaft der NVA verstand sich als eine Hauptaufgabe der Republik. Die Kadersuche nach jungen Freiwilligen folgte konsequent in allen Betrieben. Obwohl Anfang der sechziger Jahre akuter Fachkräftemangel herrschte, besaß die militärische Nachwuchsgewinnung absolute Priorität. Da fehlten im Schuldienst viele Lehrer. Deshalb lief sogar ein zeitweiliges Sonderausbildungsprogramm, um die prekäre Situation zu entspannen. Darum erstaunten viele Studenten sehr, als sie plötzlich zum freiwilligen Dienst auf Zeit in der NVA aufgefordert wurden. Vorerst sollte nur eine Verpflichtung unterschrieben werden mit dem Zusatz: „... wenn der Staat uns braucht." Im Dokument würde unser Passbild kleben sowie unsere Unterschrift stehen.

Da die Studenten im allgemeinen ein staatliches Stipendium erhielten, wägten sie ihre Antwort sehr genau ab. Warum sollte die Behörde denn Verweigerern überhaupt weiterhin Stipendium zahlen? Darum unterschrieben die meisten schließlich entnervt.

Das Werben erfolgte noch intensiver, als 1962 in der DDR die Wehrpflicht eingeführt wurde. Jetzt galt es, Soldaten auf Zeit zu gewinnen, die eine Laufbahn als Unteroffizier einschlagen würden. Es fanden sich auch einige wenige. Sie verinnerlichten diesen staatspolitischen Auftrag so intensiv, dass sie sogar ihre Mitstudenten überzeugen wollten, es ihnen gleichzutun. Sehr beliebt machten sich jene jungen Werber natürlich nicht.

1964 wurde ich in das behördliche Wehrkreiskommando zur Musterung einbestellt. Meine Knick-Spreizfüße ersparten mir die Einberufung zu den „Motorisierten Schützen", im Soldatenjargon als „Sandlatscher" bezeichnet. Ich sollte Richtkanonier bei den Fla-Raketen werden und möglichst länger dienen. Das legte mir zumindest der Werber, ein Offizier vom WKK nahe. Dazu präsentierte er mir meine Verpflichtung aus der Studienzeit. „Sie wollen also Soldat auf Zeit werden", begann er forsch das Gespräch. „Keinesfalls", antwortete ich prompt, „meine Unterschrift im vorliegenden Papier steht nur für zwei Jahre. Außerdem rührt die Verpflichtung aus der Zeit her, als es noch keine Wehrpflicht gab. Ich denke doch, dass mein Verhalten Anerkennung verdient!" Der Werber verstand, dass er von seinem hohen Ross heruntersteigen müsste und versuchte, Einsicht in die Notwendigkeit zu vermitteln. „Tja, diese Regelung existiert nun nicht mehr. Warum wollen Sie sich denn nicht für drei Jahre verpflichten?" Es erfolgte ein bekanntes Statement über die politische Situation und die Gefahr einer militärischen Auseinandersetzung zwischen den Militärblöcken. Eine starke schlagkräftige NVA sei darum ein Garant für ein militärisches Gleichgewicht. Ich bestätigte natürlich seine Argumentation: „Da sei es doch ganz gut, dass nun die Wehrpflicht zum Gesetz erhoben wurde. Nun dienen der Republik doch genügend Soldaten, von denen sich sicher Interessierte für die militärische Laufbahn entscheiden würden."

Natürlich ließ mein Gesprächspartner nicht locker, um mich zu überzeugen. Irgendwann gab er es dann aber schließlich auf.

Platz für eigene Notizen

Der Einberufungstag

Es war schon recht winterlich damals bei meiner Einberufung im November 1965. Auf der Fahrt zur Sammelstelle in Magdeburg reiste ich noch als Privatperson an. Dort endete vorerst für achtzehn Monate der Status eines Zivillebens, denn bereits auf dem dann folgenden Transport zu den Kasernen galten alle Einberufene als Soldaten der Nationalen Volksarmee und waren deren Gesetzen unterstellt. Jegliches Fehlverhalten würde ab sofort auch entsprechend geahndet werden, teilte allen der Hauptmann einer uns zugeteilten Begleitmannschaft eindringlich mit. Sicherlich auch, um mögliche Trinkgelage und deren Auswirkungen zu unterbinden.

Ein Sonderzug für Militärangehörige hielt auf bestimmten Bahnhöfen, von denen die bereits feststehenden Soldatengruppen zu ihren Standorten chauffiert wurden.

Die jungen Rekruten versuchten sich auf ihre Weise in der neuen Situation zurechtzufinden. Einige saßen in sich gekehrt da, andere suchten Ablenkung im Gespräch oder lasen ein Buch. In einzelnen Gruppen spülte man wohl auch die Abneigung zum Militär mit alkoholischen Getränken hinunter. Die es dabei zu weit trieben, verbrachten die ersten Tage oder sogar Wochen in einer Arrestzelle statt in einer Revierstube.

Unsere Gruppe verließ erst kurz vor Wismar den Zug. Die letzten Kilometer zur Kaserne hockten wir recht kleinlaut und frierend auf einem offenen Pritschenwagen. Als sich das große Tor hinter uns schloss, spürte ich, dass es mit meiner Selbständigkeit vorerst ein Ende hatte. Ermüdet und durchgefroren kletterten alle vom Fahrzeug.

„Ihr friert wohl?" waren die ersten Worte, die man an uns richtete. Ein leichter Hohn in der Fragestellung war unverkennbar. Ohne unsere Antwort abzuwarten meinten die Uniformierten gönnerhaft: „Na, euch wird es noch wärmer werden, als es manchem lieb ist!"

Platz für eigene Notizen

Der erste Schritt auf dem Kasernenhof

„Können Sie nicht grüßen?" tönte mir die laute Stimme eines sehr eleganten, dekorierten Uniformierten entgegen. Automatisch registrierte ich die drei Sterne auf dem silbrigen Untergrund seiner Schulterstücke. - „Auch das noch, sicherlich ein Offizier", dachte ich und antwortete spontan: „Nein, natürlich nicht! Ich habe es nicht gelernt." Denn dazu reichten meine militärischen Kenntnisse über Ordnung und Disziplin aus objektiven Gründen noch nicht aus. Meine Erklärungsversuche erreichten die Ohren des gestrengen Vorgesetzten erst gar nicht. „Werden Sie mal nicht frech. Gehen Sie sofort noch einmal zehn Schritte zurück und erweisen Sie die entsprechende Ehrenbezeugung!" Und so verlief diese Übung zwei- dreimal, ehe der Achtung gebietende Vorgesetzte dann doch endlich bemerkte, dass sein Gegenüber völlig überfordert schien. Erst jetzt nahm er zur Kenntnis, mit welchen Problemen der erste Schritt auf dem Kasernenhof für einen Rekruten belastet war. Nach kurzer Unterweisung über die exakte Ausführung des militärischen Grußes wurde mir empfohlen, möglichst schnell und unbemerkt die Unterkunft zu erreichen, um weiteren Ärger aus dem Wege zu gehen.
Meine verunglückte erste Begegnung mit einem Offizier erklärte sich so: Die ersten Tage beim Militär verbrachte ich mit einer fiebrigen Erkältung im Krankenrevier. Dadurch fehlten mir Kenntnisse zu den scheinbar wichtigsten Verhaltensweisen im Regiment des Soldatendaseins. Ganz besonders der militärische Gruß wurde in der Truppe ex-

akt bis zur Vollendung und sogar vor dem Spiegel geübt. So umgab mich beim Verlassen des Medizinischen Versorgungspunktes die schockierende, fremde andere Welt des Militärs, in der es galt, „das Laufen neu zu erlernen".

Platz für eigene Notizen

In der Grundausbildung

„Kompanie - Nachtruhe beendet", hallte der laute Ruf des UvDs langgezogen durch die Flure unserer Kaserne. Den Vorspann bildete dazu ein gellender Pfiff aus seiner Trillerpfeife. Nun blieb gerade noch Zeit, die eigene Notdurft zu verrichten, denn alsbald erschallte der nächste Aufruf: „Kompanie - Raustreten zum Frühsport!" Sogleich begann ein aufeinander folgendes Zuschlagen der Türen. Hastig und hart schlugen Militärstiefel auf die Betonfliesen in den Gängen. In kürzester Zeit standen wir Soldaten angetreten in Reih` und Glied draußen vor der Unterkunft. Aber bei weitem nicht kurz genug, stellte der Kompaniechef fest und kündigte uns entsprechendes Übungsprogramm an: „Da müssen die Türen einheitlich zuschlagen und die Arme beim Herauslaufen angewinkelt sein. Im Übrigen mehr Tempo, meine Herren, hopp, hopp!" So wurde wiederholt und einprägsam dieses Soldaten-ABC geprobt, zugebrüllt und einigen Rekruten Extra-Übungsläufe verordnet. Der Unteroffizier vom Dienst meldete nun dem Kompaniechef, einem Offizier, die Bereitschaft der Angetretenen zum Dienst.

Mitte November 1965 zeigte sich das Wetter bereits winterlich. Aber laut Dienstvorschrift bedeckte unseren Oberkörper nur ein Pullover aus Polyester mit V-Ausschnitt. So war es vorauszusehen, dass sich bereits nach wenigen Tagen die ersten Soldaten mit Halsschmerzen im Medizinischen Punkt zur Behandlung meldeten.

Der Frühsport nahm täglich etwa zwanzig bis dreißig Minuten in Anspruch, meist nach Lust und Laune der Ausbilder. Der Einzug in die Unterkünfte vollzog sich ähnlich wie beim Heraustreten. Gleichzeitiges Arme anwinkeln, links-um, und dann im Laufschritt in die Unterkünfte. Nach dem Waschen wurde schon wieder zum Raustreten gerufen, denn jetzt hieß es, gemeinsam zum Essenfassen zu marschieren. Allein zu gehen war streng untersagt, denn wir waren ja erst im Begriff, das Laufen zu erlernen. Das Lied auf dem gemeinsamen Marsch zur Kantine brach des öfteren ab, weil wir vor angekündigten Tieffliegern von links und rechts im Gelände Deckung suchen mussten. Ruhe hatten wir vorerst nur im Frühstücksraum und auf den Stuben im Quartier. Später als „gestandene Soldaten" entzogen wir uns hin und wieder den vielen ungeliebten Aktivitäten.

Manch einer verdrückte sich beim Frühsport auf die Toilette oder in den Keller. Im morgendlichen Waldlauf löste sich der Pulk allmählich auf, weil die Teilnehmer in den Büschen verschwanden. Wenn dann das Gross zurück zur Kaserne strebte, reihten sich die Ausreißer nach und nach wieder ein. Häufig blieben solche Drückeberger chancenlos, wenn ihnen ein abgebrühter Vorgesetzter auf die Schliche kam. So ließ Leutnant Hupatz solche Verweigerer mit dem kalten harten Wasserstrahl einer Feuerspritze aus den Toilettenkabinen vertreiben. Von der obersten Sprosse einer Leiter aus traf der Strahl den Geschäftigen an seinen empfindlichen Körperstellen. Es war recht lustig mit anzusehen, wenn die Herausstürzenden dann pudelnass versuchten, ihre Hosen hochzuziehen.

Ein abendlicher Stubendurchgang

 Akustisch ließ sich der Kontrollgang des Hauptfeldwebels N., genannt „Affe", mit seinem Läufer ziemlich genau verfolgen. Auf dem gefliesten Flur schallte das aufregende Getrappel der Stiefel und das Klappen der Zimmertüren laut herüber. Der Lärm bewegte sich kontinuierlich auf uns zu. Ein Stubendurchgang stand bevor. Und dann wurde sie aufgerissen, die Tür, auf die alle starrten. Genosse Hauptfeldwebel Nussbaum, der OvD und sein Läufer betraten das Zimmer. Es schien mir, als betrachtete er diesen Raum als seine Bühne, auf der er viele Abende dasselbe Stück aufführen würde. Er, der Spieß der Kompanie, war sich seiner Dienststellung bewusst und eitel wie ein Pfau. Als Hauptwachtmeister stellte er etwas dar. Das hatte jeder Soldat zur Kenntnis zu nehmen. Anderenfalls könnte er das auch einmal deutlich mit uns einüben.

 Hier und heute ging es lediglich um simple Ordnung in der Spezialdisziplin: Spindvorführung. Kontrolliert wurde alles in Stichproben: die Seifenschale mit ihren möglichen Schaumresten, die Kragenbinden in den Uniformjacken, sowie die Vollständigkeit des Sturmgepäcks auf den Schränken. Dazu stellte er sich auf einen Hocker und schimpfte laut über die Missstände dort oben. Sturmgepäck, Stahlhelm und SPU mussten herunter gehoben werden. Sein prüfender Blick glitt über die geöffneten Gepäckstücke. Was hatte er da nicht alles auszusetzen. Zum Beispiel war die Eiserne Reserve unvollständig oder eine Zeltplane lag liederlich zusammengerollt. „Affe" N. hatte sich vehement in seine Aufgabe vertieft. So vergaß er fast, dass noch weitere Zimmerbesatzungen auf ihn warteten. Doch der Spieß besann sich endlich, drohte uns aber beim Hinausgehen noch, recht bald wieder zu kommen. Dann würden bei solcher katastrophalen Ordnung drastische Strafen ausgesprochen werden!

Der Zimmerälteste schrie laut: „Achtung!" Dazu nahmen alle Soldaten die Grundstellung ein. „Affe" rief: „Weitermachen!" und eilte geschäftig los, um auch noch dem Rest der Kompanie Ordnung beizubringen.

Platz für eigene Notizen

Wachaufzug - oder Der Genitiv ist des Dativs Tod

„Vergatterung!" - schallte die markige Stimme des Leutnant K. über den Kasernenhof. Laut Dienstplan sicherte er als Offizier vom Dienst, auch kurz OvD genannt, einen besonders straffen Wachdienst ab. So mancher der dienstmüden Soldaten wurde von ihm beim Nickerchen erwischt, worauf stets erwartungsgemäß die Strafe auf dem Fuße folgte. Abgesehen von der Schadenfreude, die den Delinquenten aus allen Winkeln der Kaserne entgegenschlug, war der Traum vom nächsten Urlaubsschein erst einmal ausgeträumt. Leutnant K., genannt „Hupatz", besaß neben genannter straffer Dienstauffassung aber auch das Talent zum so genannten Schweinetreiben, ein ausgefeiltes System von allerlei Schikanen, die auf den Dienst der Wehrpflichtigen eine besonders unangenehme Wirkung hinterließen. Jedermann blieb daher im Umgang mit diesem Vorgesetzten hell wach, oder lief ihm möglichst nicht über den Weg. Hinterrücks wurde er allerdings verlacht und ging mit seinem Spitznamen, Leutnant Hupatz, gewissermaßen in die ungeschriebene Kasernenchronik ein. Außerdem nutzten Soldaten und Unteroffiziere jede Blöße seinerseits rücksichtslos aus, es ihn empfindlich merken zu lassen. So stand einmal unser Zug Soldaten zur Vergatterung für den Wachdienst auf dem Appellplatz des Kasernenhofs, vorschriftsmäßig mit geschulterter Maschinenpistole, Magazintasche und Sturmgepäck. Etwas abseits befand sich die Aktentasche des verantwortlichen Unteroffiziers. Kräftigen, selbstbewussten Schritts kam der genannte Offizier auf uns zu. Barschen Tons verlangte er umgehend Auskunft über die Zugehörigkeit des abseits stehenden Objekts: „Wem seine Tasche steht dort so unordentlich herum?" mäkelte er. Nun musste der gestrenge Leutnant doch erfahren, dass er vorerst keine Antwort erhielt. Erst nach wiederholter Aufforderung meldete sich der Eigentümer zu Wort und korrigierte den verblüfften Vorgesetzten: „ Ich habe Sie, Genosse Leutnant, nicht sofort verstanden. Sie meinten doch sicherlich - „Wessen Tasche?". So verstehe ich Sie doch erst richtig. Nun, diese Tasche gehört mir."

Platz für eigene Notizen

Eine Wache um Mitternacht

Kurz vor Mitternacht wurde ich recht unsanft aus dem Schlaf gerissen. Die zweistündige Ruhepause war abrupt beendet. Die wachhabenden Soldaten der Raketenstellung warteten auf ihre Ablösung. Zum ausstehenden Wachwechsel führte uns der verantwortliche Unteroffizier in die Stellung. Um 0.00 Uhr erfolgte am vereinbarten Treffpunkt die Übergabe nach militärischer Vorschrift. Für unsere Gruppe begann die sogenannte Hundswache. Um diese mitternächtliche Stunde überfiel mich eine große Müdigkeit. Ich konnte selbst beim Gehen meine Augen kaum offenhalten. Selbst in dieser Winternacht, in der ein eisiger Hauch meine Stirn umstrich, musste ich ständig gegen den Schlaf ankämpfen. Da half vielleicht nur ein zügiger Schritt durch die Raketenstellung. Doch Vorsicht, nur nicht zu laut und zu schnell. Denn schließlich war man einigen Gefahren ausgesetzt und vor Überraschungen nicht gefeit. Als Sicherungsposten in einer Batteriestellung mit sechs Fla-Raketen und einer Radarstation galt es eine mögliche Feindeinwirkung zu unterbinden. Doch seit Bestehen unserer vier Flugzeugabwehr-Raketenabteilungen im Regiment hatte sich noch kein Feind blicken lassen. So wandte ich meine geballte Aufmerksamkeit auf den stets überraschenden Kontrollgang des Diensthabenden Offiziers, dem OvD.

Die geschilderte Nacht war kalt, sternenklar und unheimlich still. Das leiseste Geräusch ließ mich aufschrecken. Der helle Mondschein leuchtete das schneebedeckte

Gelände deutlich aus. Und dann vernahm ich die festen Schritte im knirschenden Schnee. Kurz darauf erschienen hinter einer Bodenwelle die Silhouetten näher kommender Personen. Kurz entschlossen suchte ich in einer Bodenmulde Deckung und ließ die Truppe erst einmal an mir vorbeiziehen. Vornweg ging der UvD. Er zog den OvD im Schlepptau mit. Dieser verhielt hin und wieder im Schritt und lauschte in die Runde. Nicht zu Unrecht trug er den Spitznamen „Häschen". Vielleicht hoffte er, einen schlafenden Wachposten anzutreffen, denn das kam schon ab und zu mal vor. Aber in dieser Kälte?

Jetzt hielt ich es an der Zeit, die Vorgesetzten anzurufen, denn das entsprach der Dienstvorschrift: „Halt, wer da? Stehenbleiben oder ich schieße!" Ruckartig verharrten beide sofort wie in einer militärischen „Habtachtstellung". Während mein direkter Vorgesetzter, der UvD die fällige Meldung von mir entgegen nahm, herrschte mich der OvD provozierend an: „Warum liegen Sie denn da im Schnee herum?" Ich entgegnete korrekt: „Ich habe aus Vorsicht in der Deckung Stellung bezogen, um einen möglichen Sabotageakt durch Fremdpersonen besser verhindern zu können!" Daraufhin wollte Besagter an mich herantreten. Da schallte ihm mein lauter Ruf entgegen: „Halten Sie die Dienstvorschrift ein. Nähern Sie sich mir nicht weiter. Das ist nur dem Unteroffizier erlaubt." Gleichzeitig vernahm er das metallene Geräusch vom Durchladen meines Gewehrs. Das schien dem OvD Respekt einzuflößen, denn „Häschen" hielt sich zurück. Wortlos verließen mich beide und nahmen ihren Kontrollgang wieder auf. Durch den hoch-

wirbelnden Schnee strebten sie dem nächsten Wachposten zu.

Platz für eigene Notizen

Wachvergehen

Wachvergehen wurden bestraft. Vorausgesetzt die Armeeführung überführte den Delinquenten, bzw. konnte ihm sein Fehlverhalten nachweisen. Dann aber erfolgte eine doppelte Bestrafung: in der Vollführung vor der Front sowie in der erlebten Schadenfreude durch die Kameraden in der Kaserne.

Meist eilte die Nachricht über ein besonderes Vorkommnis von der Wache in der Raketenstellung , sprich B-Stellung, zur Kaserne schneller als der Delinquent selbst wieder da war. Hohn und Spott erwartete ihn. Nicht etwa wegen seines Fehlverhaltens, sondern weil er sich von „denen" hatte erwischen lassen. Und das war dem Übeltäter ganz besonders peinlich. Aber das musste man eben überstehen. Die Situation normalisierte und beruhigte sich, wenn jener Soldat Galgenhumor übte und so aus der Schusslinie kam.

Für mich hieß es zum wiederholten Mal nachts um vier Uhr in der B-Stellung zur Wache aufzuziehen. Nach zuvor nur zwei Stunden Schlaf fühlte ich mich todmüde. Daher entschied ich, diese Wache einfach auszusetzen. Zudem wusste ich, dass der diensthabende Offizier zu dieser nächtlichen Schlafenszeit keine Kontrollgänge unternehmen würde. Denn, wenn überhaupt, nahm er seine Aufgabe eher in den frühen Abendstunden wahr. Absoluten Verlass gab es aber darauf nicht. Ich hatte Glück. Jedoch dieser Aussetzer sollte mein erstes und gleichzeitig letztes Wachvergehen in der gesamten Militärdienstzeit bleiben.

In der B-Stellung patrouillierten permanent zwei Wachposten auf separatem Terrain. Es war ihnen untersagt, sich zu treffen oder in irgend einer Form Verbindung aufzunehmen. Die wenigsten hielten sich an diese Vorschrift. Man traf sich vor einem Unterstand, an einem Pritschenwagen oder einer Zugmaschine, um zu schwatzen oder gelegentlich ein Nickerchen zu machen. Natürlich schlief nur einer, der andere musste Augen und Ohren offen halten. Nicht auszudenken, wenn gelegentlich beide der Schlaf überwältigte. Schlimmer noch, wenn geräuschvolle Schnarchlaute die nächtliche Stille durchdrangen. Diese würden mit Sicherheit auch die lauschenden Ohren des wachsamen OvD erreichen. Sogar der Rauch einer brennenden Zigarette umwölkte ab und zu die Nase der diensthabenden Vorgesetzten und die leuchtende Glut des Glimmstängels wies ihnen wie ein Glühwürmchen den direkten Weg zum überraschten Verursacher.

Andererseits nahmen viele Wachhabende ihre Aufgabe sehr ernst. Die angespannte Aufmerksamkeit aber galt fast ausschließlich ungebetenen Besuchen übereifriger Offiziere und Feldwebel. Jene überschritten hin und wieder die Grenze des Erlaubten. Sie unternahmen Kontrollgänge auf eigene Faust. So brachten sie sich selbst in Gefahr. Allein, ohne den Postenführer, den wachhabenden Soldaten in der Stellung aufzusuchen, war gegen die Vorschrift. Einmal beobachtete ein Posten, wie so ein überzogener Verrückter den Drahtverhau überwinden wollte, der das militärische Objekt umgab. Gerade in dieser Situation rief er den Eindringling an und stellte ihn. Inmitten des Stacheldrahts verharren zu müssen, und nach einer gefühlten Ewigkeit auf die Ankunft des Postenführers zu warten, war für den illegal tätigen Offizier Strafe genug. Sicherlich erfolgte gegen ihn ein Disziplinarverfahren.

 Rekruten, die gerade ihre Grundausbildung beendet hatten, versuchten sich erst einmal in ihrem neuen Betätigungsfeld, dem Wachdienst, zurechtzufinden. Es war nicht auszuschließen, dass einige zu Überreaktionen neigten. In ihrer Ausbildung hatten sie erfahren, dass die Fla-Raketenstellungen im Visier des Gegners stünden. Daher wäre der Versuch eines Anschlags nicht auszuschließen. Nun stand so ein verunsicherter Soldat auf Wache und sah hinter dem Stacheldrahtzaun wiederholt einen Lichtschein aufblitzen. Da er auf seinen wiederholten Anruf keine Reaktion erhielt, gab er einen gezielten Feuerstoß in die Richtung des vermeintlichen Gegners ab. Helle Aufregung entstand und umgehend vollzog der Postenführer einen vorzeitigen Wachwechsel. Die Aufklärung ergab folgendes: unweit der Stellung führte eine wenig befahrene Landstraße in kurzem Bogen vorbei. Der Lichtschein von Fahrzeugen blitzte hin und wieder auf, um auf der abgewandten Seite wieder zu verlöschen. Dem Wachposten aber erschien es so, als ob in unmittelbarer Nähe des Zaunes Unbefugte mit Taschenlampen hantieren würden.

 Da ließen sich zwei Posten vom OvD verladen, indem sie ihre Waffen zur angeblichen Überprüfung aus der Hand gaben. Damit lag wieder einmal ein Vergehen vor, denn auf der Wache darf ein Soldat niemals sein Gewehr aus der Hand geben, schon gar nicht an den OvD. Schlimm, eine schallende Ohrfeige für die jungen Genossen!

Zu jeder Ablösung überprüfte der UvD die Vollständigkeit der Gewehrmunition. Fehlte ein Schuss, wurde das gesamte Objekt förmlich auf den Kopf gestellt. Wenn dort nichts gefunden wurde, lief die Aktion im Außenbereich weiter. Sogar ein schneebedecktes Gelände blieb kein Hindernisgrund. Und so wühlten wir im Schnee herum, wohl wissend, dass diese unsinnige Aktion erfolglos bleiben würde.

In der Regel ließ sich der Verlust von Munition beheben, denn einige Soldaten bewahrten Patronen für mögliche Tauschgeschäfte auf. Diese gelangten unbemerkt vom Schießplatz Klietz in den illegalen Besitz der Genannten.

Unvergesslich bleibt für mich ein besonderes Vergehen. Da übermannte doch einmal zwei wackere Wachsoldaten der Durst so heftig, dass sie kurzum alles stehen und liegen ließen, um die nächste rettende Dorfkneipe aufzusuchen. Dort soll es recht feucht-fröhlich zugegangen sein. Man trank etwas über den Durst hinaus und trat singend den Rückweg an. Dabei stolperten sie in die Himbeerbüsche und fielen sogleich in einen tiefen, sorglosen Schlaf. Jedoch nicht allzu lange. Der wachhabende UvD vernahm den Lärm und entschied einen außerordentlichen Kontrollgang durch die Stellung. Zuerst entdeckte die Patrouille zwei Maschinenpistolen und später auch die dazugehörigen Soldaten. Die empörten sich in ihrem alkoholisierten Zustand über das unsanfte Wecken. Sie beschimpften ihre Störenfriede übelst im derzeitigen Armee-

Jargon, wie: „Sch...Gesichter, Rotä...e, Zwölfender oder auch Tausend-Tage-Schniepse". Zur Ausnüchterung belegten beide vorerst die Arrestzelle.

Dieser gesamte Auftritt sollte ihnen noch leid tun. Das Militärgericht klagte sie wegen schweren Wachvergehens im diensthabenden System einer Flugabwehr-Raketenstellung an. Das Urteil sollte abschreckend wirken: ein halbes Jahr Aufenthalt im Militärgefängnis Treptow.

Beide verurteilten Soldaten hatten diesen Zeitraum im Anschluss daran nachzudienen.

Platz für eigene Notizen

Dienst in der Hundestaffel

Die Hundestaffel definierte sich entsprechend der Redewendung: „Aus jedem Dorf ein Hund". Treffender ließ sich die Ansammlung der genannten Vierbeiner nicht charakterisieren. Sprichwörtlich bevölkerten unseren Zwinger Dorfköter aus den verschiedenen Orten der Umgebung: ältere, jüngere, größere, kleinere, ängstliche, aggressive, Mischlinge, selten reinrassige, unberechenbare und sehr wilde.

Einesteils zugelaufen oder vom Tierheim übernommen, nur selten aus guter Zucht, bereiteten diese den Verantwortlichen meist große Probleme. Soldaten aus anderen Bereichen hielten respektvollen Abstand. Man wusste ja nie, ob solch ein Köter nicht unvermutet zuschnappte. Oft hänselten manche Kameraden diese Viecher, zwar stets aus sicherer Entfernung, trotzdem wäre das einmal beinahe schiefgegangen.

Solch ein Hundeführer versah ergänzend zum Dienst der Wachposten einen Kontrollgang. Sein Weg führte ihn entlang der Umzäunung unserer Raketenstellung, jeweils im Wechsel einmal innen, einmal außen.

Einst saß eine Gruppe von Soldaten abseits der Wachbaracke. Sie unterhielten sich über den Hund, den sie vor kurzer Zeit noch kräftig gereizt hatten. Man fühlte sich sehr sicher, denn im Moment befand sich das Tier beim Kontrollgang, war schon eine längere Zeit außer Sicht und würde vorerst nicht so schnell wieder erscheinen. Plötzlich verstummte das angeregte Gespräch abrupt. Wie aus dem

Nichts tauchte der Vierbeiner auf leisen Pfoten inmitten ihrer fröhlichen Runde auf. Der Schreck ließ alle verstummen. Wie würde der Hund reagieren? Der Weg zur schützenden Wachbaracke blieb ihnen versperrt. Der Köter würde eine mögliche Flucht zu verhindern wissen. So blieben alle wie versteinert sitzen. Der Hund kam langsam auf sie zu. „Wen würde er wohl zuerst beißen?", dachte jeder so für sich. Das Tier schnupperte an diesem und jenem Bein, urinierte an einen Feldstein und trollte sich dann ganz allmählich von dannen. Das war noch einmal gut gegangen.

Die Hunde taten mir leid. Einerseits hielt die Zusammenarbeit zwischen Mensch und Tier entsprechend der Armeedienstzeit nur eineinhalb Jahre, andererseits eigneten sich nur wenige Soldaten für diese Aufgabe. Einige wenige kamen aus dem Schäferberuf. Bei denen fühlten sich die Dobermänner und Co. recht wohl. Ganz aus den Augen lassen durften jene Fachleute diese Viecher allerdings auch nicht. Denn immer wieder ereignete sich ein besonderes Vorkommnis. Eine spezielle Ausbildung wie in anderen Bereichen, zum Beispiel den Nachrichten oder der Feuerbatterie, war nicht üblich. So verständigte man sich mehr oder weniger innerhalb der Gruppe untereinander.

Mir wurde ein altdeutscher Schäferhund zugewiesen, der auf den Namen Alf hören sollte. Das tat er aber meist nur, wenn er zum Fressnapf gerufen wurde. Man ließ mir ein paar Tage Zeit, mich mit dem Vierbeiner anzufreunden. Mensch und Tier sollten sich vor Dienstaufnahme erst einmal aneinander gewöhnen. Es ergaben sich vielfältige Aufgaben zur Pflege und Führung meines zukünftigen Begleiters. Mit doppelter Vorsicht und hohem Respekt legte ich ihm das Halsband an. In der Folge übten wir beide den Freigang und es schien eigentlich auf ein positives Zusammengehen hinauszulaufen. Der verantwortliche Unteroffizier suchte mich auf, um den möglichen erfolgreichen Versuch meiner Hundeschule festzustellen. Da ich kein besonderes Vorkommnis vom Training melden konnte, meinte ich, meine Zusage für die anstehende Aufgabe geben zu dürfen. Bei diesen Worten wollte ich dem Tier wohlmeinend über den Kopf streichen, so wie es in meiner Kindheit unserem Dackel immer gefallen hatte. Aber dieser hier verstand die freundliche Geste wohl als Angriff, denn im gleichen Moment fasste er nach meinem Unterarm und biss kräftig zu. Reflexartig zog ich den Arm unter enormer Kraftanstrengung zurück. So konnte ich ihn aus dem Maul dieses Köters befreien. Das gelang aber nur durch die tatkräftige Unterstützung des Unteroffiziers. Blitzschnell erfasste er die kritische Situation und schlug mit einer Schaufel mehrmals auf den harten Schädel des Beißers ein, der nun vom Angriff abließ. Sofort jagte ihn mein Helfer in den Zwinger und verriegelte die Tür hinter ihm. Meine Fleischwunden stellten sich als Biss- und Reißwunden dar, die einer zügigen ärztlichen Hilfe bedurften. Im Medizinischen Punkt unserer Abteilung wurden die Wunden korrekt versorgt. Ich hätte nie geglaubt, dass Bisswunden so schmerzhaft sein könnten.

„Wer den Schaden hat, braucht für den Spott nicht zu sorgen:" Einige Kameraden der Hundestaffel fühlten sich diesem Sprichwort verpflichtet. Ihrer Meinung nach entspräche meine freundliche Umgangsform mit den Viechern nicht der alltäglichen Normalität. Schließlich sollten diese Vierbeiner an der kurzen Leine gehalten werden und öfter auch eine Tracht Prügel erhalten.

Doch wie es im Leben so ist, kommt der Hochmut oft vor dem Fall. Der Wachhund des größten Spötters verbiss sich in dessen Arme. Zum Glück erhielt er von anwesenden Soldaten Hilfe. Letztendlich erlag der Beißer einem gezielten Schuss aus der Maschinenpistole. Damit war das Problem aber noch nicht gelöst. Der Patient belegte einige Wochen ein Bett in einer Klinik. Außerdem erhielten er und andere Hundeführer, die mit dem Tier in Kontakt gestanden hatten, mehrfach recht schmerzhafte Injektionen in die Bauchdecke. Denn bei der Untersuchung des Gehirns vom erschossenen Hund bestätigte sich der anfängliche Verdacht auf Tollwut.

Bei jener Ansammlung von Vierbeinern, die unter anderem auf die Namen Prinz, Alf oder auch Piefke hörten, deren Stammbaum kaum auszumachen war, wußte keiner, welche möglichen Fehler die vormaligen Besitzer bei der Haltung der Tiere begangen hatten.

Platz für eigene Notizen

Ein winterlicher Fahrlehrgang

Zu jener Zeit wäre ich niemals der Idee verfallen, die Fahrerlaubnis für LKW-s zu erwerben. Dafür schien ich mir als passionierter Radler zu untalentiert. In sichtlich anderer Meinung bestanden die militärischen Vorgesetzten per Befehl auf meine Ausbildung zum Militärkraftfahrer. Bei der medizinischen Untersuchung zur Tauglichkeit erhielt ich noch ein paar aufmunternde Worte mit auf den Weg und tags darauf ging es zur ausbildenden Einheit nach Z.. Über den dortigen Standort hielt sich das recht hartnäckige Gerücht von recht seltsamen Methoden der Fahrlehrer. Deren übersteigerter Diensteifer endete bisweilen mit einer Versetzung. Als Präzedenzfall geisterte folgende Geschichte durch das gesamte Regiment. Per Befehl musste ein Soldat auf dem Weg zum Essenfassen einen Feldstein tragen, über den das rechte Vorderrad seines Übungswagens gesprungen war.

Von der Ideenvielfalt dieser Ausbilder hatten wir sicherlich noch einiges zu erwarten!

Bei meinen fahrpraktischen Versuchen wurde ich dann auch mit einer dieser Lehrmethoden konfrontiert: „Nun halten Sie mal recht sachte, denn Sie führen schließlich keine Fuhre Holz auf der Ladefläche mit sich, sondern Soldaten", informierte mich der Fahrlehrer, Hauptfeldwebel mit militärischem Dienstgrad. Die Ausführung des Befehls erfolgte korrekt. Allerdings stand der LKW nicht vor, sondern neben einer Warnbake am Bahnübergang. Ein klarer Regelverstoß! Das voraussehende Fahren würde ich also noch weiter üben müssen. Neben mir knurrte der Vorgesetzte:"Damit Sie das Verkehrsschild beim nächsten Mal besser erkennen können, werden Sie es deshalb mit diesem Lappen extra schön sauber putzen."

Ich nahm es gelassen und mit Humor, um eine unnötige Auseinandersetzung zu vermeiden. Aufmerksam geworden schauten die anderen Kameraden unter der Plane der Pritsche hervor. Sie applaudierten. Für sie stellte die für mich prekäre Situation einen Spaß und eine willkommene Abwechslung in der Tristes des Fahrlehrgangs dar. Mein Zurückwinken wertete der Ausbilder als Überheblichkeit und sein Gesicht verfinsterte sich. Zudem wischte ich besonders gründlich an der Warnbake herum. Schließlich beendete sein Gebrüll meine Tätigkeit als Putzteufel abrupt.

Als ich zur Weiterfahrt wieder in der Fahrerkabine saß, wurde ich entsprechend des damaligen Armeejargons „zusammengefaltet". Es erfolgte in sehr drastischer Ausdrucksweise eine Klarstellung vieler Möglichkeiten, wie mir der weitere Aufenthalt im Fahrlehrgang erschwert werden könnte. Während dieser bösartigen Schimpftiraden hatte ich ständig Probleme, den Militär-LKW „SIL", sowjetischer Bauart, in der Spur zu halten. Auf den Straßen lagen Schnee und Eis und tiefe Spurrinnen erschwerten das Fahren. Ich schaute dabei mehr durch als über den Lenker in die vereiste Windschutzscheibe. Das nicht intakte Lenkspiel lag über der Norm von einer Handbreite und das nur teilweise synchronisierte Schaltgetriebe verlangten zusätzlich hohe Aufmerksamkeit.

Hinten auf dem Wagen warteten die anderen Soldaten auf ihren Einsatz. Sie hatten ihre Lederstiefel ausgezogen und die Beine zum Schutz gegen die Winterkälte in Decken gehüllt.

Platz für eigene Notizen

Sommer- und Winterumstellung

Immer im Frühjahr und Herbst herrschte im Kraftfahrzeug-Park unserer Einheit eine erhöhte Betriebsamkeit. Die Vorbereitung zur Durchführung einer tiefgründigen Inspektion lief an, um die Einsatzbereitschaft aller Fahrzeuge zu gewährleisten. Unglaublich, wie die verantwortlichen Soldaten und Offiziere dieses Problem lösen würden, denn die Mangelwirtschaft in der DDR verschonte sogar die Nationale Volksarmee nicht. Auch auf dem militärischen Sektor blieb die Versorgung mit Ersatzteilen unzulänglich.

Entsprechend dem Funktionsbild einer Raketeneinheit standen auf unserem Kasernenhof ca. zwanzig Militärfahrzeuge unter einem Schleppdach. Es handelte sich um Fabrikate deutscher und sowjetischer Bauart. In der nahen Raketenstellung befanden sich noch sechs kettenbetriebene Zugmaschinen, die ATS.

Natürlich sah man den verantwortlichen Sachverständigen die Anspannung an. Allerdings waren dies keine heurigen Hasen. Sie besaßen Erfahrung und ein Konzept, mit dem man schon so einige Inspektionen überstanden hatte, auch wenn hin und wieder Federn gelassen wurden. Der Verlauf einer solchen Kontrolle lief immer nach dem gleichen Muster ab. Alle KfZ standen blitzblank aneinander gereiht in den Boxen. Der erste Eindruck sollte der beste sein. Sauber glänzende Karossen reflektierten den Sonnenschein. Dieser Schein täuschte über die Mängel hinweg, die sich unter dem Glanz verbargen. Um das herauszufinden, begann die gestrenge Regimentskommission mit der Untersuchung.

Diensteifrig sekundierten unsere Fahrer und Mechaniker und stellten sich höchst naiv. Nachdem die Fahrzeuge im vorderen Bereich ihr berechtigtes Qualitätssiegel erhalten hatten, galt es zugleich den Pulk der Kontrolleure etwas längere Zeit aufzuhalten. Denn nach Abschluss jeder Durchsicht dieser Vorzeigeobjekte beobachteten Insider gewisse unkorrekte Aktivitäten. Höchst unauffällig wurden anderswo fehlende KfZ-Teile hier entnommen, um damit wenige Meter weiter Mängel im Fuhrpark zu beheben. Diese Art einer Materialstaffette beschönigte die wirkliche prekäre Situation in unserer militärischen Einheit und gewiss in der gesamten NVA. Sie schützte aber die Ausführenden vor unliebsamen Befragungen zur Nachweisführung von Ersatzteilforderungen und schließlich auch vor ungerechtfertigten Bestrafungen. Um das Gesamtbild einigermaßen realistisch erscheinen zu lassen, ließ man hier und da einige Mängel offen.

Ob die Inspektoren diese Täuschungsmanöver nicht durchschauten oder es gar nicht wollten, darüber diskutierten wir Soldaten hinterher noch lange.

Platz für eigene Notizen

Urlaubsfreud und -leid

Armeeurlaub ließ sich erfahrungsgemäß nur als abgeschlossenes Ereignis in der Erinnerung genießen. Die Freude über den erhaltenen Urlaubsschein konnte sich schnell in Enttäuschung umwandeln. Denn es lag im Ermessen der Armeeführung vor Ort, mit kurzfristigen Stornierungen oder Rückholaktionen die ständige Schlagkraft der NVA sicherzustellen. Die militärische Notwendigkeit wurde per Befehl entschieden. Dann hatten sich die betroffenen Kameraden eben zu früh gefreut. Im Soldatenjargon hieß es:"Man war in den A… gekniffen." In den Augen so mancher Vorgesetzter blitzte sogar Schadenfreude auf.

Rekruten, die Anfang November eingezogen wurden, besaßen vorerst keinen Anspruch auf Urlaub. Frühestens zu Weihnachten oder Silvester könnten sie bei guter Führung ihre erste Heimreise antreten. Dazu stand man den jungen Familienvätern den Heiligen Abend und den Ledigen das Fest zum Jahreswechsel zu. Doch bis dahin konnte noch so viel passieren.

Damals zog ein aktueller Schlager als Ohrwurm durch die Kasernenstuben:"Urlaubsschein, du bist der schönste aller Scheine …" Hielt der Soldat diesen endlich wirklich in der Hand, mischten sich in die Freude bereits leise Zweifel. Man wußte ja eben nie, was das Ding so wert war. Im Heimatort musste sich jeder persönlichen Einschränkungen fügen. Eine Zivilerlaubnis wurde fast nie erteilt. Die Armeeangehörigen sollten ja voller Stolz in der Öffentlichkeit das sogenannte „Ehrenkleid" der Nationalen Volksarmee präsentieren. Zuwiderhandlungen zogen empfindliche Strafen nach sich. Sehr schnell konnte man einer Armeestreife in die Arme laufen, ganz besonders auf einem Tanzvergnügen. Doch wer wollte dort schon beim Walzer ein Mädchen in der ungeliebten, schmucklosen, feldgrünen Ausgangsuniform in den Armen halten? Dieses Bekleidungsmodell blieb in seiner Gesamtausführung mit Schirmmütze und dem weiten schweren Mantel ein einzigartiges Hindernis. Nach meinem Kenntnisstand hing es während des Heimaturlaubs der Wehrpflichtigen nur im Schrank herum.

Eine von den diversen Rückholaktionen blieb mir noch in Erinnerung. Vom Kasernentor ab chauffierte zumeist ein Einsatzwagen die Heimfahrer zum nahen Standort W., der einen Bahnanschluss besaß. Von dort fuhren alle gemeinsam bis zum nächsten Eisenbahnknotenpunkt, wo sich dann die Wege vieler Kameraden trennten.

Manchmal stand kein Fahrzeug zur Verfügung. Dann liefen die Soldaten die Strecke mit Sack und Pack zu Fuß. So geschah es auch an dem beschriebenen Abreisetag. Doch warum wählte eine Gruppe die beschwerlichen Pfade durch den Kiefernwald? Und jene Soldaten gingen auch nicht, sie rannten vielmehr.

Fast wirkte es wie eine Flucht. Als Ziel steuerten die Waldläufer auch nicht den obligatorischen nächsten Kleinbahnhof an, sondern orientierten sich direkt auf den Umsteigerbahnhof. Noch an der Kaserne war durchgesickert, dass für eine unmittelbar bevorstehende Übung Alarm ausgelöst werden würde. Dessen laut vernehmliches Signal verhieß dann das Ende aller Urlaubsträume.

Sogleich erfolgten die bekannten Automatismen exakter militärischer Logistik. Mehrere Einsatzwagen rollten durchs Kasernentor und nahmen Kurs auf den nächsten Ort. Unterwegs sammelten die diensthabenden Offiziere alle Soldaten wieder ein. Denen stand eine große Ernüchterung ins Gesicht geschrieben. Wie groß würde erst die Enttäuschung bei deren Verwandten zu Hause sein?

Die Waldläufer aber waren schon längst über alle Berge, oder besser, durch alle Wälder. Sie hatten rechtzeitig ihre Anschlusszüge erreicht und prosteten sich nach dem strapaziösen, aber erfolgreichen Treck, auf ihrer Heimfahrt glücklich zu.

Diesmal verzichtete der Stab der Einheit auf eine Rückholaktion der Entwischten. Der Aufwand stand sicher in keinem Verhältnis zum Nutzen. Es hätte fast zwei Tage dauern können, bis alle Urlauber wieder vereint in der Obhut der Kaserne stehen würden. Dann aber galt die Übung als bereits beendet.

Platz für eigene Notizen

Gockel Hahnemann und Affe Nußbaum

Während in meiner Erinnerung die Bilder vieler militärischer Vorgesetzter allmählich verblassen, könnte ich noch heute die Gesichter der beiden Hauptfeldwebel Hahnemann und Nussbaum wieder erkennen. Vorausgesetzt, wir wären nicht inzwischen über vierzig Jahre älter geworden. Beide verkörperten den typischen Zwölfender, der in der Literatur und im Film ewig jung bleibt. Bereits Soldaten früherer Jahrgänge vor uns mussten eine gute Beobachtungsgabe besessen haben, ihnen diese neckischen Spitznamen zu verpassen. Ihr charakteristisches Gehabe inspirierte zu Vergleichen, die dem Tierreich entlehnt waren.

Beide konnten sich filmreif in Szene setzen. Sie verfuhren nach einem ausgefeilten System, uns Soldaten zu veralbern, zu schikanieren und zu verunsichern. Allein die Stimmen dieser Schleifer besaßen eine aufschreckende Tonlage: „Jetzt gibt es nichts mehr zu lachen", schienen sie uns zu signalisieren.

Hauptwachtmeister Hahnemanns Sprache ähnelte dem Krähen eines Hahns im Hühnerhof, laut und schrill, weit über seiner normalen Indifferenzlage liegend. Dazu dehnte er bestimmte Worte, die für ihn besonders bedeutsam waren, endlos lang. Das wirkte auf uns, als ob gleich Gefechtsalarm ausgelöst werden würde, weil der Gegner bereits vor der Kaserne stand.

Hauptfeldwebel Hahnemann schien seine Machtposition ausdrücklich zu genießen. Er ließ es sich oft nicht nehmen, die Rekruten persönlich zum Essenfassen in die Kantine zu führen. Da die jungen Spritzer erst noch das Laufen erlernen sollten, wurde das ständig geübt. So auch auf diesem kurzen Weg. Unser großer Irrtum bestand darin, zu glauben, dass es direkt zum Essen ginge. Statt auf ein „Links schwenk-marsch" schallte laut und lang das Kommando für die Gegenrichtung. Wir marschierten zum großen Appellplatz der Kaserne, dem Lieblingsaufenthalt aller „Schleifer vom Dienst". Auch der Hauptfeldwebel fühlte sich hier ausgesprochen wohl und spulte ein umfängliches Programm von Übungsbeispielen herunter. Sicherlich schien er noch viel mehr zu wissen. Aber so kurz vor dem Mittagessen beließ er es bei einigen Kosthäppchen. „Tiefflieger von links", „Panzer von rechts", schrie der Schleifer laut und dann hieß es Deckung suchen. Dazu erfolgte meist der typische Auftritt des Feldwebels, dem er seinen Spitznamen „Gockel" verdankte. Er suchte stets erhöhte Standorte, wie einen Hügel, eine Treppe oder ein Podest, um von dort mit seinen schrillen Kommandorufen, die dem Krähen eines Hahnes ähnelten, uns Feuer unter dem A… zu machen. Sein lautes Gebrüll sollte die Offiziere im Stabsgebäude davon überzeugen, dass er doch ein vorbildlicher Ausbilder sei.

 Um den Beginn des Mittagessens noch eine Weile hinaus zu zögern, befahl „Gockel" zusätzlich Marschübungen. Zuletzt verlangte er per Befehl: „Ein Lied!" Und so sangen die Rekruten: „Die Partei, die Partei, die hat immer recht …" oder „ Soldaten sind vorbeimarschiert im gleichen Takt und Schritt …".

In dieser aufgeheizten Situation ein Loblied auf Partei und Regierung singen zu lassen, sahen wir als Provokation, als eine Verhöhnung beider Instanzen. Dafür hätte man den Ausbilder politisch belangen müssen, denn nun richtete sich der angestaute Unmut nicht nur gegen „Gockel", sondern gleichwohl gegen die Glorifizierten im Marschlied.

Für den Anspruch, eine Armee des Volkes zu sein, waren diese kontraproduktiven Aktionen natürlich nicht förderlich.

„Affe" Nussbaum war mein Spieß in der Grundausbildung. Die erste Woche des Dienstes in der NVA arbeitete ich in der Amtsstube des Hauptfeldwebels, beschriftete Dienstausweise, schrieb Wachdokumente und ähnliches. „Wenn ihre Kameraden draußen im Dreck liegen, sitzen Sie hier im Zimmer warm und trocken. Aber alles, was Sie hier hören, bleibt auch hier im Raum. Anderenfalls sind Ihre Tage in der Schreibstube gezählt!" Leider verlor ich diesen Druckposten sehr schnell. Doch darüber berichte ich in einem anderen Kapitel.

Besonderen Spaß empfand „Affe", wenn er seine Untergebenen zum Narren halten konnte. Im Sprachgebrauch der Armee hieß es „verarschen". So rief er einmal über den Flur der Kompanie: „Wer weiß, wo sich der Chemische Dienst befindet?" Sicher erwarteten einige Rekruten wohl, sie würden dort eine angenehmere Aufgabe bekommen, als sich in der Grundausbildung schinden zu müssen. Einige meldeten sich daher spontan. „Ach, die haben sich aber geschnitten", lachten wir später über diese Voreiligen. Die

Kameraden sollten ein gebrauchtes, verschmutztes, beschädigtes Toilettenbecken zum Klempner tragen, dessen Werkstatt neben der Chemiebude lag. Wir Unbeteiligten grinsten und zeigten den Verar...n den Daumen. Dieses Zeichen stand für: „In den Hintern gekniffen".

Der Soldat lernte aus diesen und ähnlichen Vorfällen, sich niemals vorzudrängen oder übereifrig zu reagieren. Viel besser war es, sich so unauffällig zu verhalten und im allgemeinen Strom mit zu schwimmen.

Auffällig erschien auch mir, dass das Gesicht vom Hauptwachtmeister Nussbaum eine unverkennbare Familienähnlichkeit mit den Vorläufern des menschlichen Stammbaums aufwies. Dieselbe Beobachtung werden wohl bereits vorherige Jahrgänge von Wehrpflichtigen gemacht haben. Jedenfalls bestand der Spitzname „Affe" bereits bei meiner Ankunft als fester Begriff.

Ein Gerücht zog durch die Abteilung. Dazu trugen die blauen Veilchen rund um das Augenpaar des Hauptwachtmeisters bei. Auf einem Waldspaziergang wäre er auf Holzfäller getroffen, die einst unter ihm gedient hätten. Diese revanchierten sich angeblich auf ihre Art und machten mit ihrem ehemaligen „Schleifer" nicht allzu viel Federlesen.

Platz für eigene Notizen

Vom Messen, vom Maß und vom Anmaßen

Gemessen wurde in der NVA sehr oft. Schon in der Grundausbildung nahmen uns die Ausbilder ständig die Maße, denn aus uns sollten ja brauchbare Soldaten werden. Um dieses anspruchsvolle Programm zu erfüllen, mussten sie mit den frisch Eingezogenen noch sehr viel arbeiten.

Gleich zu Beginn erhielt jeder Rekrut einen militärisch bemessenen Haarschnitt, sehr kurz und deshalb hygienisch. Im Armeejargon hieß es, eine „Koppelbreite" über den Ohren.

Für die modebewussten „Pilzköpfe" der Beatle-Szene stellte das eine Katastrophe dar. Auch Bärte fielen dem Rasiermesser zum Opfer, angeblich, um das korrekte Tragen der Atemschutzmasken zu gewährleisten.

Jedoch das Maß aller Dinge bildete permanent das allabendliche „Päckchenbauen". Da entstanden aus unserer Bekleidung wahre Kunstwerke, wenn diese exakt, eben wie ein Paket übereinander gestapelt auf dem Hocker lag, der neben unserem Bett stand. Blitzblank geputzte Stiefel standen darunter, an denen sogar der Steg eingekremt war. Die Gruppenführer übten mit uns akribisch das maßgerechte Legen und Falten von Pullover, Unterwäsche und Drillich. Als Maßvorgabe galt der Umfang der Hockersitzfläche. Sogar leitende Offiziere vom Dienst, die OvD's, ließen es sich nicht nehmen, die Einhaltung der Normen genannter „Päckchen" zu begutachten. Sie entpuppten sich als wahre Ästheten und hatten in der Regel ständig etwas an den Gebilden auszusetzen. Meist hieß es dann für uns: „Auf ein Neues!"

Auch die Spintkontrollen legten den noch fehlenden Ordnungssinn der jungen Kameraden offen. Da wurde es endlich allen klar, nur gut, dass es die Dienstzeit in der Armee gab.

Allmorgendlich hieß es dann wieder, die Betten zu bauen. Hauptfeldwebel H., ein Zwölfender, mit Spitznamen „Gockel", begutachtete während seines Dienstes höchstpersönlich die Resultate der jungen Spritzer. Die Mindestanforderung bestand auf dem Niveau eines 5-Sterne-Hotels. Matratze, Laken, Bettdecken und Kopfkissen bildeten auch hier ein paketartiges Ensemble. Das erinnerte mich an die kantigen Faltschachteln, die wir in der Schulzeit im Werkunterricht erstellten. Selbst gute Ergebnisse unserer Bemühungen zählten nichts. Alles wurde aufgerissen und die Übung begann von vorn. Wir jungen „Bettenbauer" sahen keinen Erfolg. Die Erlösung von dem Übel erfolgte meist durch die zwingende Fortführung des Ausbildungsprogramms oder die beginnende Lustlosigkeit bei den Gruppenführern.

Wieder einmal erwarteten wir zum Stubendurchgang Hauptfeldwebel „Gockel". Wie so oft trug er weiße Stoffhandschuhe, um uns in den Ecken von Betten und Spinden den dicken Staub nachzuweisen. Recht wagemutig hatten wir einige Bettecken mit Stecknadeln ausgestattet. Wie ein Triumphator hielt Gockel häufig seinen behandschuhten Zeigefinger in die Höhe, der nun offensichtlich graue Staubspuren aufwies. Sein vorerst letzter Versuch endete mit einem Aufschrei. Wir stellten uns dumm und genossen den Augenblick, als er eine Stecknadel aus seiner schmerzenden Fingerspitze zog.

 Es war noch in der Zeit der Grundausbildung, als auf einem Stubendurchgang eine Gesundheitskontrolle stattfand. Einige Gefreite trugen über ihrer Uniform einen weißen Ambulanzkittel, der zu Respekt verpflichtete. Es wurde die Sauberkeit des männlichen Gliedes überprüft. Es hieß: „Auf den Hocker stellen, die Hose herunterlassen und die Vorhaut zurückziehen!" Schließlich ging dieser Spuk der Weißkittel in deren Gelächter unter. „Meine Herren, Sie sind soeben gefilmt worden", riefen die Ersatzfeldschere uns beim Verlassen der Stube noch zu. Da hatten sich die EKD's, Entlassungskandidaten vom militärischen Dienst, einen derben Spaß mit uns erlaubt.

 Auch unsere Vorgesetzten brachten ihre meist abgestandenen, oft unangebrachten Späße an den Mann, die für sie selbst ein Gaudium darstellten, wir Soldaten uns aber veralbert und sogar verhöhnt fühlten: „So machen sie schnell den Knopf an ihrem Hosenstall zu! Sie bekommen sonst noch Lungenentzündung."

 Zu einer Personalbefragung wollte der Spieß von mir erfahren: „Haben Sie Kinder?" Auf meine Antwort hin, dass ich laut Unterlagen gar nicht verheiratet wäre, verriet er mir:"Na, es könnten doch einige auf der Wildbahn laufen."

Platz für eigene Notizen

Feindliche Propaganda

Es verstand sich für jeden Uniformierten schon von selbst, dass beim Dienst in der NVA weder Rundfunk noch Fernsehen der Bundesrepublik Deutschland eingeschaltet werden durfte. Sich Informationen über die Medien des sogenannten „Klassenfeindes" einzuholen, konnte Probleme bereiten. Wer es dennoch versuchte, musste damit rechnen, vor versammelter Mannschaft abgekanzelt zu werden.

Das Dienstzimmer vom Spieß, dem Unterfeldwebel Sauerbrot, stand im Reinigungsprogramm der Kompanie. Regelmäßig ereilte jeden Soldaten diese zusätzliche Aufgabe. Bei dieser Tätigkeit hatte die Außentür offen zu bleiben. Das ständig laufende Radio beschallte lautstark den langen Flur des Reviers. Die gefällige Morgenmusik trug zur allgemeinen Aufbesserung der Stimmung in der Truppe bei. In der Regel war der zuständige Sender des DDR-Rundfunks vom Vorgesetzten eingestellt, oft kurbelte der aktuelle Reinigungsdienst jedoch eigenständig am Radio herum und suchte das gängigste Musikprogramm heraus. Er musste aber stets auf der Hut sein. Denn jedesmal, wenn ein Schlagertitel endete, galt es, sich direkt am Radio aufzuhalten, um einen Eklat zu verhindern. So konnte es doch sein, dass ein verdächtiges Pausenzeichen oder sogar eine Ansage den untersagten Sender aus Westgermany erkennen ließen.

Einmal passierte es dann schließlich doch. Bei einem kurzen Gang zur Toilette vergaß der verantwortliche Kamerad, die Lautstärke entsprechend zu drosseln. Die Stimme des Sprechers vom Deutschlandfunk schallte durchdringend über den langen Flur und ließ den Toilettengänger angstvoll aufhorchen.

Mit Gebrüll stürmten Spieß und Kompaniechef zum Radio, um die Stimme des Westens abzudrehen. „Unglaublich! Feindliche Propaganda in einer Kaserne der Volksarmee der Deutschen Demokratischen Republik zu verbreiten!"

Das war ein ganz besonderes Vorkommnis, das es auszuwerten galt.

Platz für eigene Notizen

Soldat und Tanzmusiker

Kurz nach meiner Einberufung, noch in der Grundausbildung, sollte eine Kapelle für Tanz und Unterhaltungsmusik neu aufgebaut werden. Alle Interessenten hatten sich laut Befehl beim Kulturoffizier zu melden. Jener war eine Seele von Mensch. Die Soldaten äußerten respektvoll und anerkennend:"Der Major sei der einzige Mensch in der Abteilung!" Für uns Musiker wurde der Kulturoffizier Förderer und oft Helfer in der Not.

Ich hatte meine Elektrogitarre absichtlich zu Hause gelassen, da ich wusste, dass für die Bereitstellung gewisser relevanter Utensilien Sonderurlaub erteilt werden konnte. So blieb ich erst einmal drei Tage fern der Fahne, drei Tage ohne Drill der Grundausbildung. Bei meinen Kameraden kam darüber keine Freude auf, eher ein wenig Neid.

Die jungen Musiker der zukünftigen Tanzkapelle trafen sich zu den Proben im Kulturraum, einem Allzwecksaal, als Schlechtwettervariante geplant, wenn Regen, Hagel oder Sturm die Truppe vom Kasernenhof trieb.

Zur instrumentalen Besetzung gehörten Schlagzeug, Akkordeon und E-Gitarre. Nicht gerade eine zeitgemäße Besetzung, denn bereits vor fünf Jahren hatte der Beat-Sound in Europa Einzug gehalten. Doch das Publikum mochte den Melodienreigen unserer Gruppe, der eher der Musik der „Schrammeln" aus Österreich ähnelte. Aber wenn es notwendig schien, einen Rock'n Roll oder Beat hinzulegen, konnten wir diesem Wunsch auch entsprechen, selbst wenn es sich mehr wie eine Parodie anhörte.

Zu Beginn jedes Abendprogramms erhielt unsere Band stets die Order, nur keine pseudomodernen Rhythmen westlicher Prägung darzubieten. Denn schließlich hatte sich doch sogar der Staatsratsvorsitzende Walter Ulbricht dagegen ausgesprochen:" Mit diesem Yeah, yeah und wie das alles heißt, sollte man doch Schluss machen!" Pflichtgemäß beachteten wir diesen Hinweis wie einen Befehl. Die Einhaltung desselben lief zu vorgerückter Stunde meistens aus. Denn je später der Abend, um so mehr entspannte sich die Lage und Vorschriften verblassten. „Jungs, spielt doch endlich mal ´nen Beat!" verlangten plötzlich einige Offiziere lautstark. Natürlich erhielten sie keinen Widerspruch, denn, Befehl ist nun einmal Befehl!

In unserer Band profilierte sich ein Talent zum Komiker. Seine ersten Auftritte hatte er bereits in der Talenteschau des Fernsehens der DDR beim Kulturredakteur und -manager, Heinz Quermann, erlebt. Er überraschte unser Publikum stets, wenn er von einer simplen Ansage unerwartet in eine humorvolle Unterhaltung hinüberleitete. Unser Komiker besaß ein schier unerschöpfliches Reservoir an Possen, Späßen und Witzen. Den ständig wechselnden Zuhörerkreis schien es ein Vergnügen zu sein. Uns Musikerkollegen dagegen kam es allmählich schal und fad vor, wenn immer dieselben Sprüche zu hören waren.

Wir amüsierten uns daher eher über das Verhalten der Offiziere und ihrer Damen, die in Feierlaune speisten, sangen, tanzten und bisweilen auch etwas über den Durst tranken. Vom Unter- bis zum Oberstleutnant, seines Zeichens Regimentskommandeur, traten alle militärischen Ränge auf.

Soviel Lametta hatten wir noch nie zuvor zusammen gesehen.

Als Musiker lebte man an diesen Abenden wie die Made im Speck. Wir schwelgten in gutem Essen, genossen vielfältige Rauchwaren und Markenspirituosen. Die reichlich gedeckte Tafel am Buffett hatte auch für uns geöffnet. Beim Kehraus durften wir die leeren Kochgeschirre mit delikaten Speisen füllen. Wie staunten da die Kameraden auf dem Zimmer, als sie am nächsten Morgen die köstlichen Salate, das gegrillte Fleisch, die Südfrüchte und die anderen Mitbringsel erblickten. Natürlich durften sie auch ordentlich zulangen.

Die Freude darüber währte einst nicht lange. Sie wurde schlagartig getrübt. Denn der Spieß stellte vorerst einmal klar:" Wer sich bis in die Nacht hinein vergnügen kann, muss am nächsten Tag auch fit sein. Da lungern diese jungen Kämpfer nach dem Weckruf noch immer in ihren Kojen herum. Denen wollte er schon Beine machen!" Und so jagte er uns per Befehl mit lautem Gebrüll aus den Betten. Doch schnell nahmen wir Kontakt zum Kulturoffizier auf. Von dem erhielt der Spieß nun wiederum die Order, seine Musiker ausschlafen zu lassen. Er stellte klar, dass wir nicht zum persönlichen Vergnügen, sondern zu einer kulturellen Verpflichtung des Nachts unterwegs gewesen seien. Somit besäßen wir nach militärischem Gesetz das Recht, die versäumten Ruhestunden nachzuholen. So endete das Kräftemessen zwischen Spieß und Soldaten mit einer klaren Niederlage des direkten Vorgesetzten. Sicherlich würde er sich bei passender Gelegenheit revanchieren. Darauf musste ich auch nicht allzu lange warten. Nach meinem erfolgreich abgeschlossenen Kraftfahrzeuglehrgang stand mir ein Ausgang mit Standortüberschreitung zu. In der benachbarten Kreisstadt fand unter der Regie des Wehrkreiskommandos für Armeeangehörige ein bunter Tanzabend statt. Auserwählte Soldaten und Offiziere waren geladen. Auch ich hatte durch eine Freundin, die im Wehrkreiskommando als Sekretärin arbeitete, eine Einladung erhalten. Aus fadenscheinigem Grund schlug mir der Spieß mein Gesuch betreffs Teilnahme rundweg ab. Das war´s, dachte ich. Doch kurze Zeit darauf schallte seine Stimme über den Flur der Kaserne:" Genosse O., ans Telefon!" Das nun anstehende Gespräch konnte mein Vorgesetzter recht gut mitverfolgen. Meine Freundin fragte an, ob und wann ich bei ihr eintreffen würde. Ich hatte kaum die militärisch verordnete Absage durchgegeben, als der Spieß mir ins Gespräch platzte: „Genosse O., sagen Sie ihrer Partnerin, dass Sie teilnehmen dürfen." Er besaß nicht den Mut, seine ursprüngliche Absage durchzuhalten. So blieb ihm sicherlich viel Ärger erspart, der ihn auf dem Dienstweg ereilen könnte. Denn im Wehrkreiskommando kannte man mich durch Auftritte unserer Band. Dort hatte ich auch die junge Dame kennengelernt, die mich gerade angerufen hatte. Mit Sicherheit würden die maßgebenden Offiziere bei meinen Vorgesetzten Rücksprache halten.

Am aktuellen Tanzabend in der Kreisstadt war so richtig der Teufel los. Nach einem achtwöchigen Kraftfahrerlehrgang blieb allen Teilnehmern der Urlaub verwehrt. Zum Ersatz gewährte die militärische Leitung einen Ausgang mit

Standortüberschreitung bis sechs Uhr in der Frühe. Da wurde eine kesse Sohle aufs Parkett gelegt und wenig Zurückhaltung beim Alkoholkonsum geübt.

Beinahe wäre mein Ausflug durch Zeitüberschreitung ins Auge gegangen. Recht übermütig trat ich gegen drei Uhr nachts den Heimweg an und zwar zu Fuß. Vom letzten Einsatzwagen unserer Abteilung konnte ich nicht einmal mehr die Rücklichter sehen. Die Kilometerzahl meiner nächtlichen Wanderung las ich unterwegs von den Verkehrsschildern ab. Schwarz auf Gelb stand da: 19 km. Als ich erschöpft an einem Baum ausruhte, hielt ein graugrüner LKW auf der anderen Straßenseite. Stimmen riefen meinen Namen. So ein unverhofftes Glück. Da fuhr doch noch ein letzter Einsatzwagen, der sogenannte Lumpensammler. Und so blieb mir eine folgerichtige Strafe wegen Ausgangszeitüberschreitung erspart.

In einer warmen Sommernacht saß ich in fröhlicher Runde bei Musik und Tanz an einem See nahe unseres Standorts. Mich durchzog ein solches Wohlgefühl, dass es das Unangenehme des alltäglichen Militärdienstes vergessen ließ. Nur leider nicht den Zapfenstreich um 24.00 Uhr. Der rückte immer näher heran. Was ließ sich da nur machen? Da fiel mir ein, dass am gleichen Abend unsere Musikkapelle ganz in der Nähe auftrat. „Da könnte man doch einfach behaupten, dazugehört zu haben... Wer wusste bei der Einlasskontrolle in der Kaserne denn schon, dass ich aus privaten Gründen nicht bei den Tanzmusikern gewesen war, wenn wir doch gemeinsam durch die Wache wieder in unser Quartier marschierten."

Hier draußen am See saß es sich so schön. Zuletzt legten sich die Zweifel, mir war nun alles egal. Wenn man schon einmal über die Stränge schlägt, dann ordentlich, dass es sich richtig lohnt, heißt es im Volksmund. Es lohnte sich gleich zweimal. Zum ersten wurde es eine lange Nacht für´s Wohlfühlen, zum zweiten konnte der Spieß mir nun endlich eine schon lange zugedachte Strafe aussprechen: Vierzehn Tage Ausgangssperre wegen Überschreitung der Ausgangszeit!

Das konnte ich leicht verschmerzen, denn die Zeit bei der Armee neigte sich dem Ende entgegen.

Platz für eigene Notizen

Ein Maskenball

In der Armee wurde ständig eine permanente Spannung aufrecht erhalten. Das sollte der Ertüchtigung der Soldaten für die Sicherung der Gefechtsbereitschaft dienen. Aus dem kontraproduktiven Blickwinkel einiger unserer direkten Ausbilder sah man das sicherlich anders.

Mein vorgesetzter Oberleutnant im Stab hatte mir seine Meinung einst deutlich mitgeteilt: „Wenn wir könnten, wie wir wollten, würden wir Ihnen das Wasser im A… zum Kochen bringen." Diesem Ansinnen gebot ein staatliches Reglement jedoch Einhalt. Die Nationale Volksarmee verstand sich als ein Organ der sozialistischen Demokratie und distanzierte sich offiziell von den Barrasmethoden unrühmlicher deutscher Militärtraditionen.

Offiziere von höherem Rang benahmen sich gegenüber ihren Untergebenen in der Regel korrekt. Es hieß, ab dem Dienstgrad „Major" wurden die wieder vernünftig. Die Vorgesetzten niederer Offizierschargen und der Mannschaftsdiensträge wollten allerdings nicht „vernünftig" sein. Die wollten erst noch etwas werden. Dafür mussten sie in der Ausbildung ihrer Soldaten gute Ergebnisse vorweisen. Sie loteten Grenzen des Möglichen von Willkür und Schikane ständig aus. Im Armeejargon nannte man es „Schleifen". Als Schleifer vom Dienst machten sich Oberfeldwebel „Gockel" Hahnemann, Hauptfeldwebel „Affe" Nussbaum und unser Spieß, Unteroffizier Sauerbrot, einen Namen. Die in Anführungsstrichen gesetzten Bezeichnungen stellten die Kosenamen dar, die ihnen die Truppe verpasst hatte.

Erster krähte seine Befehle meist von einer Erhöhung, einer Bodenerhebung oder einem Hocker, den Soldaten zu. Das Gesicht des zweiten Kandidaten besaß die genannte Familienähnlichkeit. Letzterer war gerade dabei, sich erst noch einen Namen zu machen und war auf dem besten Wege dazu. Er agierte kalt wie eine Hundeschnauze und besaß viele originelle Ideen, uns das Leben schwer zu machen. Sein liebstes Steckenpferd hieß „Kleiderappell", in unserem Sprachgebrauch auch „Maskenball" genannt.

In bestimmten Zeitabständen ertönte jedes mal nach dem Pfiff der Trillerpfeife der Ruf des Unterfeldwebels: „Kompanie ´raustreten zur Kontrolle der Felduniform." Das setzte sich dann später weiter fort mit: Ausgangsuniform, Drillich, Wattekombination, dem Marschgepäck, dem Schutzumhang, der Schutzmaske und den Gamma-Strümpfen.

Das Heraustreten hatte schnell und exakt zu erfolgen. Gegebenenfalls wurde das durch häufiges Wiederholen geübt. Sogar Einzelvorführungen vor der Truppe standen auf dem Programm.

Bei jedem Appell erfolgten tiefgründige Untersuchungen an der Bekleidung und Ausrüstung nach militärischer Vorschrift. Peinlich sauber sollten unsere Kragenbinden sein und im strahlenden Weiß leuchten. Jeder Knopf hatte fest an seinem Platz zu sitzen und nicht zur Not mit Draht befestigt werden. Manch hämische Bemerkungen des Unterfeldwebels begleiteten sein aufwendiges Durchforsten vieler Details. Man hätte lachen können, doch dazu war uns nicht zumute. Außerdem kannten wir die abgedroschenen Sprüche zur Genüge. So hieß es zu unsauberen

Kragenbinden, dass doch immerhin an einigen Stellen schon das Weiße durchkäme. Bei unverschlossenen Knopfleisten, besonders im Schritt, könnte sich der Soldat durch den entstehenden Luftzug eine Lungenentzündung holen. Aus so mancher Mücke wurde oft ein Elefant gemacht.

Die Kontrolle des Marschgepäcks hielt besonders lange auf. Das Auspacken, Auslegen, Einpacken, Aufnehmen nahm besonders viel Zeit in Anspruch. Kaum war der eine Appell beendet, stand der folgende schon an. Irgendwann reichte es uns und einige Kameraden machten genervt ihrem Unmut Luft: „Blödsinniger Karneval, alberner Maskenball", schimpften sie verhalten. Es schien mir, als ob der Spieß so etwas erwartet hätte. Als Konsequenz zum Protest erfolgte der Befehl zum Waffenreinigen.

Dazu ließen wir uns viel Zeit, denn Eile tat nicht not.

Unsere Gewehre mussten erst einmal aus der Waffenkammer geholt werden. Sodann nahmen alle auf dem Flur des Reviers Platz, um die russischen Kalaschnikows zu reinigen. Immer schön langsam und nicht so heftig, aber immer so tun, als ob man sehr beschäftigt sei, lautete die Strategie.

Uns Soldaten war klar, dass sich die Übung bis zum Abendbrot hinziehen würde. Die Vorgesetzten hatten diese Zeit fest verplant. Da würden zügige Ergebnisse, die zu einer vorfristigen Beendigung der Übung führen könnten, nur störend wirken. Kam ein Genosse Soldat allzu schnell zur Kontrollinstanz, seines Zeichens Unterfeldwebel Sauerbrot, erhielt er dort prompt den Bescheid, seine Aufgabe doch gewissenhafter zu erfüllen. Das hieß, die Übung sollte noch einmal wiederholt werden. Und es begann das alte Spiel:

„Ich sehe was, was du nicht siehst…!" Unglaublich, was der Vorgesetzte so alles im Gewehrlauf zu entdecken schien. Man hätte es nicht für möglich gehalten. Auch ohne Brille sah er im Lauf Fliegendreck und andere Verunreinigungen. Da war der Spieß selbst erstaunt, so einen guten Durchblick zu besitzen. Jedoch bemerkte er auch bald, dass die jungen Bettenbauer die Zeit nur so herumbringen wollten und ließ sich die Waffen mehrmals vorzeigen. Ungerührt folgten wir diesem Befehl, wohl wissend, dass er uns stets Schlamperei vorwerfen würde.

Das Waffenreinigen quälte sich gemächlich dahin, bis der Feldwebel feststellte, dass es Zeit sei, zum Essenfassen zu marschieren. So ein wichtiges Ereignis durfte man nicht verpassen. Das neue Kommando lautete kurz und knapp: „Waffenreinigen beendet." Da spielte es auch keine Rolle mehr, ob der Fliegendreck im Gewehrlauf blieb oder auch nicht. Die Aktion hatte stattgefunden, die Zeit wurde erfolgreich umgebracht und den jungen Genossen hatte er eine Lektion erteilt.

Platz für eigene Notizen

Zum Rapport

An einem Tanzabend in der Vorweihnachtszeit, als die Militärstreife einen stark angetrunkenen, vom Barhocker fallenden deutschen Unteroffizier auffing, war mein Ausgang lange vor dem Zapfenstreich beendet. Im Einsatzwagen wurde ich mit anderen Delinquenten zur Regimentskaserne zurückchauffiert. Die Fahrt war aber kostenfrei. Es blieb ein Gefühl der Unsicherheit im voraus zum angekündigten Rapport beim Regimentsstabschef persönlich. Am selben Abend wurde ein Unteroffizier der NVA in gleicher Tanzbar in Zivilkleidung aufgegriffen, unerlaubt - unglaublich, stellte die Kontrolle fest.

Für ein entsprechendes Handgeld hatte er sich mit einem sowjetischen Militärangehörigen geeinigt, ihm zeitweilig den Herrenanzug zu überlassen. Nachdem der sowjetische Freund nach übermäßigem Alkoholkonsum vom Barhocker rutschte, rief man die deutsche Militärstreife. Deren Offizier und Soldaten staunten nicht schlecht, als dieser Unteroffizier russische Sätze lallte. Nun musste umgehend der passende NVA-Soldat zu der sichergestellten Uniform gefunden werden. Sehr bald entdeckte man ihn auf der Tanzfläche der Bar. Dort wurde er aus seinen Träumen und aus den Armen der Tanzpartnerin gerissen.

Tags darauf stand jener Unteroffizier beim morgendlichen Rapport über „Besondere Vorkommnisse" neben mir. Der Stabschef, ein altgedienter, welsgrauer Major, betrachtete uns mit versteinertem Gesicht. Ich hatte mich als erster zu äußern, musste mir aber zuvor die recht übertriebene

Darlegung des Streifenführers über meine angebliche Disziplinlosigkeit anhören. Mein Einspruch wurde vom Stabschef abrupt unterbrochen: „Tja, mit dem Grüßen haben Sie so ihre Probleme. Mich selbst haben Sie doch gestern nachmittag in der Bonboniere auch nicht gegrüßt!" Daraufhin erhielt ich eine Extralektion in Sachen Ehrenbezeugung gegenüber militärischen Vorgesetzten: „Und überhaupt, zu allererst haben Sie die Grundstellung einzunehmen, die Hände an die Hosennaht zu legen und stramm zu stehen. Vor allem keine Widerreden zu führen. Ich werde Sie vorerst genau im Auge behalten". Das sollte ihm nicht allzu schwer fallen, denn ich diente ja im Stabsgebäude. Zuletzt legte er noch kategorisch fest, dass mein nächster Urlaubsantrag bei ihm persönlich vorzuliegen hätte.

Nach dieser markigen Unterweisung hatte ich nach hinten wegzutreten und meinen Dienst aufzunehmen. Ich verstand, eine sachliche Argumentation passte nicht in die Welt des militärischen Gehorsams.

Die anderen Delinquenten ahnten nichts Gutes. In welchen Kategorien würde sich ihr Strafmaß wohl bewegen, wenn man mich wegen eines solch geringen Vergehens zusammengefaltet hatte.

Ganz besonders verunsichert zeigte sich der Unteroffizier, der sein Ehrenkleid der Nationalen Volksarmee mit dem russischen Waffenbruder gegen die Zivilkleidung getauscht hatte. Nicht zu Unrecht, denn beim nächsten Appell wurde er zum einfachen Soldaten degradiert. Seine Kameraden verpassten ihm daraufhin den Dienstgrad „Altkanonier".

Im Manöver

Und es hatte sich doch herumgesprochen, trotz einer Anweisung zu absoluter Geheimhaltung. Die undichte Stelle tat sich in der Vermittlungsstelle auf, der Telefonzentrale. Deren Besetzung gehörte zu unserem Nachrichtenzug. Uns stand eine großangelegte militärische Übung bevor, die sich aus einem normalen Alarm heraus entwickeln sollte. Daraufhin hatten sich alle Mitwisser mit zusätzlich haltbarem Proviant versorgt, das im Sturmgepäck eingelagert wurde. Man wusste ja nie, wann es die erste Verpflegung im Feld gab und wie gut und reichlich das Angebot sein würde. Die obligatorische „Eiserne Reserve" entbehrte jeglichen guten Geschmacks und konnte nur den größten Hunger stillen.

Um bei der Auslösung des anstehenden Alarms recht schnell gefechtsbereit zu sein, lagen wir bereits in Felduniform unter der Bettdecke. Nur in die Stiefel musste noch geschlüpft werden. Leider hatten die Vorgesetzten von unserer außergewöhnlichen Nachtwäsche Wind bekommen. Sie lüfteten ganz überraschend das Zudeck und somit unser Geheimnis. Der Spieß veranlasste die normale nächtliche Anzugsordnung sowie die obligatorische Nachtruhe.

Vom letzten Wachaufzug standen noch immer die Maschinenpistolen in den Spinden herum. Das war natürlich ganz und gar gegen die Vorschrift. Die mit Patronen gefüllten Magazine aber lagerten in der Waffenkammer. Als nun der Alarm ausgelöst wurde, liefen die meisten Soldaten zur Kammer, um sich ihre Waffe zu holen. Überraschend platzten wir dazwischen, um wie es aussah, die Gewehre zu bringen. Den Zusammenhang erkannten die Vorgesetzten nicht sogleich. Sie meinten, sie wären jetzt im falschen Film. Als unsere Gruppe nun noch die fehlenden Magazine verlangten, wurde es ihnen zuviel. Der Spieß schrie uns an: „Sie sehen wohl keine klaren Bilder? Das wird noch ein Nachspiel haben!" Ganz klar, unsere Handlung stellte ein verspätetes Wachvergehen dar, das aber im Wirbel des folgenden Manövers in Vergessenheit geriet.

Im Laufschritt erreichte unsere Nachrichtengruppe den Richtfunkwagen G 63. Ein Fahrer, drei Funker sowie ein Unteroffizier bedienten die Technik gemeinsam. Dieses Militär-KfZ unterhielt eine komplette Richtfunkanlage sowjetischer Bauart. Damit konnte der Funkverkehr über 60 bis 80 Kilometer aufrecht erhalten werden. Das reichte aus, um ständig mit dem Regimentsstab Verbindung halten zu können. Somit bestand ein stabiler Kontakt zur Leitstelle des Flugabwehr-Raketenregiments. Doch bis zur Bereitstellung des Funknetzes bekam auch ein eingespieltes Team reichlich Probleme, die Arbeit in einem vorgegebenen Zeitraum zu vollenden. Den Schwerpunkt bildete das Aufstellen einer zusammensetzbaren Antenne von sechs Metern Höhe.

Vorerst fuhren sämtliche Fahrzeuge, einschließlich der Lafette mit Lehrrakete auf einen Güterzug. Dazu erfolgte der Aufbau einer zerlegbaren Rampe. Die einzelnen Teile aus Stahl mussten nach Anweisung eines Ingenieur-Offiziers perfekt am Zugende zusammengesetzt werden. Diese nächtliche Tätigkeit vollzog sich unter dem spärlichen Licht von scheinwerferähnlichen Funzeln. Bei dieser ausschließlich manuellen Tätigkeit wären körperliche Verletzungen nicht auszuschließen gewesen. Endlich setzte sich die endlos wirkende Fahrzeugkolonne in Bewegung: Jeeps, Mannschaftswagen, schwere Kettenzugmaschinen, die Lafetten zogen, auf denen Container standen. Darin befanden sich die Teile der Rakete, die vor Ort noch montiert werden sollte. Es folgten Funkwagen und Versorgungsfahrzeuge. Aufwärts ging´s über die Rampe und weiter über den gesamten Zug, hin bis zu den angewiesenen Stellplätzen. Dort verrödelten die Fahrer ihre Transportmittel an Drahtseilen und unterlegten die Räder mit Keilen. Die Überfahrt von einem Güterwagen zum anderen sicherten herunter geklappte Bordwände, die dadurch Brücken bildeten.

Danach sollten sich alle Soldaten im Mannschaftswagen des Eisenbahnzugs einfinden. Diesen Befehl hatte ich überhört, vielleicht mich sogar darüber hinweggesetzt. Jedenfalls boten die Sitzpolster im Fahrerhaus ein angenehmeres Liegen als der mit Stroh ausgelegte Holzboden der Sammelunterkunft. Das sollte ich allerdings noch bereuen, denn die Kälte kroch in der Kabine bis unter meine Haut. Und die Fahrt dauerte in der winterlichen Nacht sehr langsam vergehende drei Stunden.

Nach der Ankunft vollzog sich das Entladen des Zugs in umgekehrter Reihenfolge. Wieder quälten wir uns beim Auf- und Abbau der Rampe herum. Es war noch Nacht und schwache Scheinwerfer leuchteten unser Tätigkeitsfeld nur sehr ungenügend aus.

Alle Fahrzeuge bildeten nach dem Verlassen des Güterzugs auf freiem Feld eine Art Wagenburg. Im Zentrum befand sich die Rakete auf einer Rampe. Die Radarstation stand etwas abseits auf einem Hügel.

Gleich bei der Ankunft des Gros der Armee stellte der OvD die erste Wache auf. Die patrouillierte parallel zum Aufbau der Verteidigungsbereitschaft der Einheit. Nach jenem Wachdienst fiel ich völlig übermüdet auf eine Schütte von Stroh eines Planwagens. Obwohl meine Bekleidung feucht und klamm am Körper hing, umfing mich ein tiefer langer Schlaf. Doch schon bald folgte der nächste Wachdienst. Dazu erläuterte mir der Chemische Dienst eine spezielle Aufgabenstellung. Mögliche atomar oder chemisch verseuchte Luft sollte gemessen werden. Dazu händigte er mir ohne große Erläuterungen ein Gerät aus, das eigentlich wie folgt zu handhaben war. Die geöffneten gläsernen Ampullen steckten in Bohrungen des Kopfes einer Pumpe. Durch Ansaugen eines Luftstromes, der durch die geöffneten Ampullen gezogen wurde, wiesen chemische Inhaltsstoffe durch entsprechende Verfärbung die verschiedensten Kampfmittel nach. Atomare Stoffe, wie Strontium 90 oder chemische Gifte könnte man so erkennen.

Der verantwortliche Unteroffizier des Chemischen Dienstes beobachtete vom Fenster eines Containers aus mein Tun. Er genoss den Ausblick sowie sein trockenes, warmes Plätzchen. Der Erfolg der Übung schien ihm wohl egal zu sein. Schließlich hatte er mich unwissend wie einen Konfirmanden mit dem Messgerät sinnlos herumlaufen lassen. „Was machen Sie denn da?" befragte mich der Kontrolloffizier vom Regimentsstab übellaunig. „Sie halten das Messgerät ja gerade so wie ein Messdiener sein Kirchenlicht!" Natürlich hatte er schon längst mein Unvermögen bei der Handhabung des guten Stücks bemerkt. Und nun erläuterte mir endlich ein Fachmann die genaue Wirkungsweise des Messgeräts. „Die Ampullen müssen an beiden Seiten geöffnet sein. Erst nach 90 bis 100 Pumpzügen verfärben sich die Chemikalien gegebenenfalls und weisen Kampfstoffe aus. Wer hat Sie denn überhaupt eingewiesen?"

Dem Unteroffizier Hummel erging es schlecht. Er wurde vom Kontrolloffizier kräftig „runderneuert". Zudem verlor der Chef des Chemischen Dienstes zu meiner Schadenfreude sein warmes Plätzchen und musste jetzt seine Daseinsberechtigung nachweisen.

In einer weiteren Aktion dieser Übung erfolgte die atomare Entaktivierung der Mannschaft. Jeder durchlief in voller Schutzkleidung transportable Duschzellen. In der ersten spritzte und schrubbte man sich gegenseitig mit Seifenschaum ab. In der zweiten duschten sich die Eingeseiften den Schaum von den Schutzplanen herunter. Jeder trug bei dieser Prozedur einen Schutzanzug. Dazu gehörten eine SPU-Plane, beinlange Gummistiefel, armlange Schutzhandschuhe und eine Schutzmaske mit Schlauch und Filter. Im Schaumbad durfte sich auch Unteroffizier H. tummeln. Er steckte selber auch in dieser Ausrüstung und begann herumzukommandieren. Weil nun aber sein Dienstrang verdeckt blieb, konnten die Kontrolloffiziere denselben nicht erkennen. Sie bedeuteten ihm, sich wie die Soldaten auch an der Aktion zu beteiligen. Da half dem Unteroffizier H. selbst der ständige Fingerzeig auf seine Schulterstücke nicht, um anzuzeigen, dass sein Dienstgrad ihn davon befreite. Unter der Plane war er einer unter vielen.

Endlich erfolgte der Befehl zum Essenfassen aus der Richtung der Feldküche. Die erste warme Mahlzeit während dieses Manövers! Ein Kontrolloffizier kostete von der Suppe. Scheinbar schien diese ihm nicht so recht zu schmecken, denn er bezeichnete sie nach dem Probieren als „Gefechtsbrühe".

Als wir uns später in voller Schutzbekleidung auf dem freien Feld bewegten, überraschten wir die vielen Bauern, die in der Nähe arbeiteten. Da, wo tags zuvor noch ihre Rinder weideten, sahen sie nun in Rufweite außerirdischen Wesen ähnelnde Soldaten herumlaufen. Die gesamte Szene musste schon sehr bedrohlich wirken, ganz besonders, als eine Rakete auf der Rampe mit ihrer Spitze in den Himmel zeigte.

Zum letzten Test in diesem Manöver wurde geblasen. Wiederum schickte sich die Abteilung an, die gesamte Waffentechnik abzubauen, zu verladen und abzutransportieren. Auf der Panzerübungsstrecke Slate bei dem Ort S. sollten die Kraftfahrer endlich einmal ihr wahres Können unter Beweis stellen. Also hieß es: Herunter von den öffentlichen Straßen und ab - marsch, marsch, ins Gelände. Das war für mich als Kraftfahrer eine ganz neue Erfahrung. Wir befanden uns ab sofort auf einer der anspruchsvollsten

Übungsstrecken der NVA. Sehr bald überzeugte die Robustheit der Militärfahrzeuge sowjetischer Bauart Gas 63 und SIL. Durch deren hohe Bodenfreiheit und Allradsystem meistern sie selbst die schwierigsten Passagen. Dagegen fuhren sich die deutschen Mehrtonner wie der G 5, hoffnungslos im sandigen Boden fest, lagen mit dem Achsialgetriebe auf und drehten ihre Räder ständig tiefer in die Spurrinnen hinein. Hilfe leisteten in dieser Situation die kettengetriebenen Fahrzeuge. Jene schweren Zugmaschinen beförderten in der Regel die mit Raketen bestückten Lafetten.

 In dieser Situation erfolgte der Befehl, die Schutzmasken anzulegen. Kurz darauf spritzte ein Offizier Tränengas in den hinteren Bereich unserer fahrbaren Richtfunkstation. Kameraden des Reservedienstes verpassten ein rechtzeitiges Absichern des Eingangs. Das Gas hatte sich sofort in den Decken und Polstern festgesetzt. Daher flossen später reichlich Tränen, die nur mit nassen Lappen auf den Augen versiegten. Ich blieb in meiner Fahrerkabine davon verschont, denn der Offizier zerrte vergeblich an meiner Tür. Es war mir egal, ob man mich dafür belangen würde, denn die Langzeitwirkung des Tränengases kannte ich bereits aus Erfahrung. Zudem atmete ich in diesem Moment die frische Luft an der Schutzmaske vorbei ein. Der Zuführschlauch hing vom Filter getrennt locker dabei. Darüber geriet der neben mir sitzende Unteroffizier K. beinahe in einen Wutanfall. Solchen „nachgemachten" Soldaten wie mir und meinem Kameraden M. wollte er in Zukunft schon Beine machen. Danach schimpfte er noch auf uns Lehrer im allgemeinen, die alles besser wüßten und sich an keine militärischen Vorschriften halten könnten. Ich sagte mir im Stillen: „Erzähl´ du nur, letztendlich musst du doch mit uns auskommen. Denn, Bange machen gilt nicht!"

Im Innenraum unserer Funkzelle wurde der Aufenthalt unerträglich. Das Reizgas gestattete keinen längeren Aufenthalt für arbeitende Funker. Die Nacht verbrachten wir in einem Zelt, das wir aus Teilen unseres Tornisters zusammensetzten. Jeweils zwei Soldaten flochten ihre Zeltplanen mit einer Leine zusammen und errichteten daraus ein Zeltdach. Darunter legten sie eine Schütte Stroh und ließen sich darauf zur Nachtruhe nieder. So war der Schläfer vor den gröbsten Witterungsunbilden geschützt. Man glaubte vorher gar nicht, wo ein übermüdeter Soldat so seinen Ruheplatz finden konnte. Beim Einschlafen zürnten wir noch den beiden Reservisten, die beim Tränengasangriff die Tür nicht zugehalten hatten und träumten von unserer trockenen, warmen Richtfunkbude.

Am kommenden Tag zog unsere Armeeeinheit wieder in ihre Ausgangsstellung zurück. Die gesamte Flotte der Kraftfahrzeuge wurde auf der Waschrampe im KfZ-Park einer gründlichen Säuberungsprozedur unterzogen. Erst danach erfolgte die körperliche Reinigung aller Soldaten. Nach einer ansprechenden Mahlzeit fielen wir erschöpft in einen langen, wohltuenden Schlaf.

Platz für eigene Notizen

Regress in der Abteilung

In meinem Tätigkeitsbereich lag auch die Teilnahme als Schriftführer bei turnusmäßigen Kontrollen in den Abteilungen des Regiments. Überprüft wurde der Bestand aller audiovisuellen Lehrmittel.

Verantwortlich zeichnete diesmal dafür Major S., den ich begleiten durfte. Die Anfahrten erfolgten natürlich im Dienstwagen, einschließlich eines Fahrers, versteht sich.

Einer dieser Einsätze führte mich auch in meine ehemalige Einheit zurück, in der ich die Schleifer meiner Ausbildungszeit wieder traf. Denen passte es natürlich gar nicht. Sie versuchten, ihre Abneigung hinter einer höflich-kühlen Maske zu verbergen. Obwohl ich einen viel niedrigeren Dienstgrad besaß, mussten diese Zwölfender mir in meiner Funktion Rede und Antwort stehen. Der Chef der Mission, Major S., zog sich alsbald zu Gesprächen mit Offiziersfreunden in die Kantine zurück, während ich sogleich mit der Arbeit begann. Die Bestandsaufnahme orientierte sich auf audiovisuelle Technik wie Tonbänder, Diawerfer, Beschallungsanlagen sowie topografische Karten a.u.m.

Dass ich die Kontrolle bei meiner ehemaligen Einheit besonders korrekt ausführen würde,verstand sich von selbst. Meine Inspektion führte mich auch zu „Gockel" H. und „Affe" N. „Wenn man etwas sucht, so findet man auch etwas", heißt es im Sprichwort. So war es auch in diesem Fall. Doch ich musste gar nicht lange suchen, denn der Begriff Ordnung schien bei den „Schleifern" für sie selbst ein Fremdwort zu sein. Meine Erinnerungen an die Schikanen der Grundausbildung waren noch zu frisch, um sie vergessen zu machen. Und so führte ich alle Mängel korrekt auf und legte die Liste meinem Vorgesetzten vor. Die sich anschließende Auswertung durch den Major vom Regimentsstab fiel dann akustisch auffallend laut aus. Beiden wurde ein Verweis in Aussicht gestellt.

„Man sieht sich eben zweimal im Leben", dachte ich. Noch vor knapp einem halben Jahr besaßen die beiden Ausbilder die Oberhand über mich, doch jetzt ich über sie. Für „Gockel" H. kam es allerdings noch schlimmer. Ich hatte gerade Dienst in der A-Wache des Regiments, als ein Einsatzwagen am Schlagbaum hielt. Zwei Bewaffnete, ein Offizier und ein Soldat, führten einen barhäuptigen Armeeangehörigen ohne Koppel und Schulterstücke in die Arrestzelle der Wache unseres Regiments. „Unfassbar!" dachte ich, als mich der unbeliebte Blick von „Gockel" H. traf. Wie er wohl zu dieser Entehrung gekommen war? Mein Vorgesetzter, Oberleutnant W., klärte mich später im Kartenzimmer darüber auf, denn ich hatte ihm unlängst namentlich über die seltsamen Ausbildungsmethoden einiger Unteroffiziere meiner Abteilung berichtet. Und so verhielt sich der Sachverhalt: „Gockel" H. war für die Soldzahlungen zuständig, was man vordem einen Zahlmeister nannte. Bei einer Tiefenprüfung seiner Buchführung konnte ihm Unterschlagung nachgewiesen werden. Damit würde wohl die militärische Laufbahn von Hauptwachmeister H. vorfristig enden und zwar in Unehren!

Da erinnerte ich mich wieder an das Verhalten dieses Ausbilders, der sich als „Schleifer" vom Dienst einen Namen gemacht hatte.

Platz für eigene Notizen

Negative und positive Kritik

Delegiertenkonferenzen der Nationalen Volksarmee begannen auf der Ebene eines jeden Regiments und setzten sich fort über die nächsthöheren Einheiten, der Division, des Kommandos, um schließlich auf der Stufe der gesamten Armee ihren Abschluss zu finden.

Die Zielsetzung bestand in der Erhöhung der Kampfbereitschaft aller Waffeneinheiten, in meinem Beispiel: die qualitative Verbesserung von Moral, Wissen und Können der Soldaten und Offiziere bei dem Kommando der Luftstreitkräfte.

Die Auswahl der Delegierten erfolgte nach einem Schlüssel. Militärangehörige verschiedener Dienstgrade mit offiziell verlautbarten Bestleistungen im Armeedienst fanden dabei Berücksichtigung. Die Themen der einzelnen Diskussionsbeiträge wurden von Führungsstellen an die einzelnen Mannschaftsteile gezielt vorgegeben. Die militärische Spitze wollte dadurch den Verlauf der Konferenzen kontrollieren und mögliche unliebsame Überraschungen von vornherein ausschließen.

Diese Art von Überwachung bewährte sich vorerst auf der Regimentsebene sicher. So wussten die Delegierten bereits stets vor jedem angekündigten Diskussionsbeitrag, was von der inhaltlichen Aussage desselben zu erwarten war: grundsätzlich nur Positives! Die Redner wollten alle persönlichen Reserven ihrer Leistungsbereitschaft weiterhin ständig aktivieren. Das war nun einmal Schönfärberei!

Die Konzentration vieler Anwesender ließ bald sichtlich nach. Gespielte Aufmerksamkeit überdeckte leise Privatunterhaltungen, bei denen Glossen über die 100-prozentige Erfüllung der Dienstaufgaben zu hören waren. Allmählich zeigten sich bei den Zuhörern leichte Ermüdungserscheinungen und man ersehnte die verdiente Pause. Oft entstanden in diesem Freiraum gestellte Gruppenfotos, auf denen Offiziere, Unteroffiziere und Soldaten im angeregten Pausengespräch posierten, später stets nachzulesen in der Pfichtlektüre „Armeerundschau".

Auch auf Divisionsebene zeigte sich zu Beginn das gleiche Bild. Doch dann brachte völlig überraschend der Diskussionsbeitrag eines Divisionskommandeurs Spannung und großes Interesse in die Delegiertenrunde zurück. Als Leiter und Ausbilder eines Jagdfliegergeschwaders stellte er überzeugend fest, dass ihn der ständige Papierkrieg an seiner eigentlichen Aufgabe behindere. Statt sich der Ausbildung und dem Flugtraining der Piloten widmen zu können, sei er an den Schreibtisch gefesselt, um Meldungen mit Analysen und Stimmungsberichten von der Truppe an die vorgesetzte Dienststelle zu erarbeiten. Von den 30/31 Kalendertagen würden ihm noch mindestens 5 weitere fehlen, um allein die Büroarbeit erledigen zu können.

Plötzlich unterbrach lautstark und schallend eine scharfe Stimme den Redner mit folgendem Argument: „Das erzählst Du mir schon seit vier Jahren!" Diesen undisziplinierten Zwischenruf erlaubte sich der Chef der Luftstreitkräfte, ein Generaloberst. Nun wuchs die Spannung im Saal, zumal der Oberst als Untergebener mutig zurückrief: „Bestimmt werde ich Dir das noch weitere Jahre berichten, bis endlich das Problem gelöst ist".

Schließlich stellte besagter Generaloberst als obligatorischer Abschlussredner fest, dass jene Art von Kritik nicht hilfreich sei und als sehr hinderlich gelten müsse. Dies wäre eben negative Kritik, die nicht weiterhelfe. So distanzierten sich auf den folgenden Konferenzen viele Redner von dem kritischen Beitrag des Obristen. Sie nahmen stets auf dieses so genannte negative Beispiel Bezug, bestimmt auch nur, um dem hohen Vorgesetzten ihre Loyalität zu bekunden.

Damit wurde diese eigentlich positive Kritik, die viele Fehler und Schwächen im Dienstsystem schonungslos aufzeigte, von der Führung als Nörgelei und Rechthaberei missbilligt. Aber im Stillen identifizierten sich wohl viele Delegierte mit der Auffassung des Gescholtenen.

Platz für eigene Notizen

Dienst ist Dienst...

Besonderer Beliebtheit erfreuten sich die sogenannten A-Wachen unter den Soldaten nicht. Schließlich kam man da nicht in die Verlegenheit, sich im Wachraum herum zu lümmeln, sondern musste sich aktiv als Tellerwäscher in der Großküche der Abteilung oder des Regiments betätigen. Nur handelte es sich beim Abwasch nicht allein um Teller, vielmehr gesellten sich zehn bis fünfzehn Essenkübel dazu und Berge von Messern, Gabeln und Löffeln. Denn allein bei Mahlzeiten in der Abteilung fiel Essgeschirr für etwa zweihundert Soldaten und Offiziere an. Im Regiment verdreifachte sich das Volumen entsprechend. Die Außenstellen, die militärischen Posten, wie B-Wachen und Leitbunker waren außerdem in der Versorgung einbezogen. Von diesen Stützpunkten erreichten die erwähnten stark verschmutzten Essenkübel die Abwäsche der A-Wache. Dort reihten sie sich dicht an- und aufeinander. Darüber verbreitete sich ein starker, übler Geruch nach abgestandenem Fett und erkalteten Speiseresten. Meist besaß das Waschwasser nicht die entsprechend hohe Temperatur, um die Festtkruste von Kübeln, Tellern und Löffeln abzulösen. Die diensthabenden Soldaten versuchten dann stets mit erhöhter Fitzufuhr das Problem zu lösen. Allerdings quoll nun laufend Schaum über den Rand der Abwaschbecken hinaus und sammelte sich in großen Lachen um die Gummistiefel der Soldaten. Die Aktion nahm immer den ganzen Vormittag in Anspruch und man hatte das Gefühl, nie fertig zu werden.

Genauso unbeliebt war das Kartoffelschälen. Wen das Los traf, der konnte sich auf ein längeres Arbeitsprogramm nach der Dienstzeit einstellen. Diese Tätigkeit traf die Teilnehmer von Lehrgängen, denn sie gehörten nicht der üblichen Truppenstärke an, für die das Küchenpersonal des Standorts verantwortlich zeichnete. Ein jeder Kandidat versuchte nun möglichst irgendwie davon zu kommen. Das nannte sich im Armeejargon : verdrücken, verpiss... oder besser noch abseilen. Wer erwischt wurde, hatte natürlich den Schaden, während die anderen Schadenfreude zeigten. Erfolgreiches Abseilen mit System blieb ein ständiges Lernprogramm eines jeden Soldaten, solange er den Dienst in der Armee versah. Im Prinzip musste für eine Ausrede stets ein Alibi herhalten. Leider ließ das sich im konkreten Fall, dem Kartoffelschälen, nicht anwenden. So versuchten es diesmal alle mit dem Versteckspiel, im Keller, auf den Toiletten und sogar im Spind. Zuletzt trafen wir doch immer wieder in der Küche zusammen. Denn der Spieß stöberte alle in ihren Verstecken auf. Und somit gestaltete sich ein intensives Arbeitsprogramm bis in die Nachtruhe hinein.

Den Höhepunkt der etwa 150 Wachdienste in den eineinhalb Jahren meines Grundwehrdienstes bildete die Erfahrung als Läufer des Offiziers vom Dienst, dem OvD, im Stab des Regiments. Mein direkter Vorgesetzter, Hauptmann K. zeichnete sich durch besonders hohe Einsatzbereitschaft aus. Als Adjutant, jedoch eher als Laufbursche, hatte ich eine Reihe von mannigfaltigen Aufgaben zu erledigen. Die Meldungen zum Rapport aus den vier Abteilungen und zwei Bunkern liefen alle über den Kommandantendienst des Regiments. War der OvD auf Kontrollgang, nahm dessen Läufer die Telefonate entgegen. Das traf die meiste Zeit zu. Unglaublich, wie viele Meldungen mich erreichten. Da gab es besondere Vorkommnisse wie Wachvergehen, Unfälle, unterschiedlichste Disziplinverstöße sowie Ausfälle von Technik.

Gegen 7.00Uhr traf in der Regel der Regimentskommandeur, ein Oberstleutnant, im Stabsgebäude ein. Ihm musste über alles eine korrekte Meldung erstattet werden. Das allerdings blieb konkret dem OvD vorbehalten. Der meinige zog es aber lieber vor, das Wecken sowie den Frühsport der Truppe zu überprüfen. Seine Leidenschaft bestand darin, alle Sportmuffel aus ihren Verstecken, wie Toilette, Keller etc. herauszutreiben. Mir schien es sogar so, als suchte er nur ein Alibi dafür, die ausstehende Meldung seinem Adjutanten überlassen zu können. Denn gerade an diesem Morgen lagen besonders viele Vorkommnisse an.

Nach militärisch exakter Ehrenbezeugung ratterte ich meinen langen Text vor dem Regimentskommandeur herunter und wartete gespannt auf seine Reaktion. Allein, er schien äußerlich ruhig und abgeklärt. Ganz bestimmt folgte die Auswertung dann später in der Kommandozentrale.

Kurz darauf meldete sich der OvD zurück und erkundigte sich scheinheilig, wie unser Oberstleutnant reagiert hätte. „Er sei verwundert gewesen, dass ein Gefreiter diese kompakte Meldung hätte abgeben müssen!" log ich ihn an.

Das unerlaubte Entfernen vom Standort war bei Strafe untersagt, wenn die militärische Einheit im diensthabenden System oder in der Bereitschaft stand. Daran sollte sich ein jeder halten, wenn er keine Unannehmlichkeiten erfahren wollte. Major L. handelte gegen diese militärische Vorschrift, wurde erwischt und durchlief verschiedene Gremien, die nun über sein Fehlverhalten befinden sollten. Der Ausschuss, in dem ich davon erfuhr, hieß Parteigrundorganisation des Regiments. In jener Runde saßen Soldaten und Offiziere zwanglos als Parteigenossen zusammen, um sich zu einer Erziehungsmaßnahme durchzuringen. Für den Genossen Major kam es dicke. Es wurde nicht nur für ihn sehr peinlich. Das Wieso und Warum seines Verschwindens vom Standort bedurfte der Klärung, und das vor allen Genossen dieser Grundorganisation. Für mich verlautbarte sich eine Story, die ich nicht für möglich gehalten hätte. Mir wurde wieder einmal klar, dass es für Armeeangehörige kaum ein Privatleben geben konnte.

Der Regimentsstab versuchte demnach vergeblich, besagten Major im Standort zu erreichen. Sofort erfolgte eine Fahndung über den militärischen Suchdienst. Der entledigte sich seiner Aufgabe sehr schnell. Man fand ihn in der Wohnung seiner Freundin in Rostock. Danach ergaben sich gleich zwei Disziplinarverfahren, ein dienstliches sowie ein parteiliches.

Da saß nun der Delinquent und sollte auch dazu Stellung beziehen, warum er eine außereheliche Beziehung pflegte. Was ging die Privatsphäre des Majors eigentlich andere Armeeangehörige an? Warum setzte man einen etwa 50-jährigen, ergrauten Offizier solcher peinlichen Situation aus? Und das vor viel jüngeren und einfachen Soldaten. Der Major tat mir leid.

In der Kompanie und Abteilung bestand eine Jugendorganisation, die Freie Deutsche Jugend, der als Mitglieder alle Soldaten und jungen Offiziere angehörten. Zum Schwerpunkt der Thematik: „Erhöhung der Kampfkraft der NVA" stand zumeist ein Erfahrungsaustausch an. Doch es wurde eher schmutzige Wäsche gewaschen, wie unser Spieß verärgert betonte, denn er wusste bereits, was kommen würde. In diesem Gremium bestand nämlich die Möglichkeit, Kritik am Verhalten unserer militärischen Vorgesetzten zu üben. Dazu ließen wir uns nicht allzu lange bitten und zählten die vielfältigsten Schikanen auf, die den Umgang im täglichen Dienst zwischen denen und uns prägten. Wie sollte denn die Motivation der Truppe hochgehalten werden, wenn wir Soldaten uns nicht genügend ernst genommen fühlten. Darum fragten wir eben nach und wollten konkrete Antwort erhalten. Es blieb meist nur beim Versprechen unserer Vorgesetzten, zukünftig korrektere und sachlichere Dienstausübung garantieren zu wollen.

Man war immer wieder angenehm überrascht, Vorgesetzten zu begegnen, die freundlich, ja sogar zuvorkommenden Umgang pflegten. In der Regel besaßen diese eine spezielle Ausbildung, sie besaßen das Abitur und ein Hochschulstudium. Mediziner, Ingenieure und Lehrer hatten nach ihrem Studium die militärische Laufbahn eingeschlagen oder an der Militärakademie parallel zur Offiziersausbildung ihr Diplom im genannten Beruf erworben. Ihnen stand es nicht an, den Untergebenen eine Machtposition zu demonstrieren. Viel mehr widmeten sie sich ihren eigentlichen Aufgaben der recht anspruchsvollen Bedienung der Raketentechnik, bzw. der medizinischen Betreuung der Truppe. So besuchte mich einmal ein Hauptmann der Rückwärtigen Dienste und erbat sich eine umfangreiche Sichtgestaltung für die Speiseräume. Dafür erhielt ich zum Dank einige exquisite Nahrungsmittel überreicht, die seinerzeit einen Engpass darstellten. Ein Ingenieur-Offizier, der für die technische Einsatzbereitschaft der Flugabwehrraketen verantwortlich zeichnete, machte es sich bei mir im „Dienstzimmer für Kartenzeichner" bequem, begann ein Gespräch wie unter Kollegen. Wir sprachen über Literatur zur deutschen Geschichte und hielten fest, uns gegenseitig Bücher auszuleihen. Es waren auch Bücher dabei wie von F. Dahn „Ein Kampf um Rom", die sogar auf dem Index standen.

Während meiner Tätigkeit im Bunker von D. konnte ich in der freigeschalteten Leitung den Disput mit anhören, dem sich Stabs- und Ingenieursoffiziere stellten. Dabei versuchten die „altgedienten" Stabsoffiziere den Technikern beim Planspiel wiederholt Fehler nachzuweisen. Doch die erläuterten stets jede einzelne ihrer Aktionen überzeugend korrekt.

Hauptmann W. leitete mein Ressort. Er berichtete mir freimütig, wie der Weg ihn zum Berufsoffizier geführt hatte. Als junger ausgebildeter Binnenschiffer hielt es ihn vor lauter Einsamkeit in der winzigen Koje auf dem Elbkahn nicht allzu lange in diesem Beruf. Darum sattelte er um und wurde

Offizier der NVA. Zum nächsten großen Boxkampf in der Arena von S. wurde ich von ihm eingeladen. Eine freundliche Geste, die bewies, dass es in der Armee auch einen respektvollen Umgang zwischen Vorgesetzten und Unterstellten gab.

Platz für eigene Notizen

„Der Blick in die Sonne"

Militärische Auszeichnungen beim Fahnenappell bezeichneten die Soldaten als „Blick in die Sonne". Warum charakterisierten sie diese Handlung so? Darüber hatte ich mir so meine Gedanken gemacht. Eine korrekte Erklärung erhielt ich dazu nicht.

Nach dem Befehl: „Zur Flaggenhissung die Augen links!" - Heißt Flagge!" erhoben sich die Blicke aller Anwesenden sonnenwärts. Dazu erfolgte gegebenenfalls der Akt der Auszeichnung durch die militärische Führung.

„Warum sind Sie denn noch kein Gefreiter? Ihre Beförderung hätte doch bereits erfolgen müssen", erkundigte sich Oberleutnant W. fürsorglich. „Zwei Bestrafungen kurz vor diesem Termin verhinderten dies", erhielt er die korrekte Antwort.

Zwei Wochen später erhielt ich den „Blick in die Sonne", zwei Schulterstücke für einen Gefreiten und ein Buch mit dem Titel „Man wird nicht als Soldat geboren". Damit bestätigten mir meine neuen Vorgesetzten ihre Gunst. Aber bei den sogenannten „Altkanonieren", die weiterhin auf ihre Beförderung warten mussten, sogar stolz auf ihre blanken Schulterstücke hinwiesen, fiel ich in Ungnade. Hatten sie mich zuvor zum harten Kern der Aufrechten gezählt, stempelten sie mich nun enttäuscht als „Kratzer" ab. Doch diesen Verlust von Sympathie dieser notorischen Verweigerer konnte ich verschmerzen. Schon eher erschienen da Bedenken, in der „Straße der Besten" vorgestellt zu werden. Man verspürte ein Unwohlsein vor dem möglichen täglichen Spießrutenlauf im Regiment. Da blickten auserwählte Soldaten und Offiziere auf Fotografien von großen Werbeflächen auf die Menge der Militärangehörigen herab. Dazu verdeutlichten entsprechende Texte deren außergewöhnliche Leistungen bei der Sicherung der Verteidigungsbereitschaft der DDR. Der Standort der Schau war so gewählt, dass jeder sie mehrmals am Tage sehen musste, wie beim Aufmarsch zum Wachdienst, dem Gang zum Essenfassen oder zum KfZ-Park. „Mobilisiert Eure Reserven und eifert diesen Vorbildern nach", wollten die geistigen Väter mit der „Straße der Besten" wohl sagen.

Da bei der Auswahl jener Vorbilder nach einem wohl bekannten Schlüssel verfahren wurde, hielt hierbei diese Auszeichnung der kritischen Bewertung in der täglichen Praxis oft nicht stand. Manch Auserwählter wäre es viel lieber nicht geworden. Gelang man als Soldat überraschend in den erlauchten Kreis der Geehrten, musste jener mit einer permanenten Häme unter den Kameraden rechnen.

Die Anzahl der Bestsoldaten und -offiziere bildete eine sehr viel größere Gruppe, als es die Schautafeln aussagten. Zum Ehrentag der NVA erfuhr die Allgemeinheit konkret, wer alles dazu gehörte. Dann wurden diese zu Geladenen beim „Empfang der Besten". Inoffiziell nannte sich diese Feierlichkeit „Prasnik" , ein Begriff, der dem russischen Wortschatz entlehnt war. Parallel zu meiner verspäteten Beförderung erhielt auch ich eine Einladung.

Im Präsidium saß alles, was Rang und Namen besaß. Ein Trinkspruch nach dem anderen forderte die Gäste auf, das Glas zu erheben, auf die Nationale Volksarmee, auf die deutsch-sowjetische Waffenbrüderschaft, auf die guten Kontakte zwischen Armee und Kommune usw. Vom Regimentskommandeur über den sowjetischen Ehrengast, Oberst G., den Bürgermeister der Stadt P. bis zum Leiter des staatlichen Forstamts, sie alle sprachen einen Toast aus. Hinter den Stühlen standen Kellner, die unsere geleerten Gläser ständig nachfüllten. Bis zum Trinkspruch des Bürgermeisters standen noch einige Gläser an. Ich befürchtete eine persönliche Katastrophe und so schenkte ich schnell einmal Selterwasser nach. Erst nach dem letzten Toast eröffnete der Gastgeber endlich das Buffett.

Nachdem zuvor sehr hastig dem Alkohol zugesprochen worden war, erreichten einige Gäste sehr beschwingt, andere etwas knickebeinig die appetitlichen Happen auf der reich gedeckten Tafel. Dem Magen musste endlich Essen angeboten werden, auch um den Abbau des Alkohols im Körper zu forcieren. Aber die Bedienkellner standen weiterhin gefährlich nahe hinter unseren Stühlen, immer bereit, zügig nachzuschenken - bis zum Abwinken. Es schien mir, als ob deren Auftrag darin bestand, alle Geladenen ordentlich einzuseifen. Letztendlich rettete sich ein jeder aus dieser brenzlichen Situation nur durch Tricks. Entweder man ging zur Toilette und von dort aus zügig ins Quartier oder täuschte Trunkenheit vor und rutschte sachte vom Stuhl unter den Tisch, in eine liegende Position.

Platz für eigene Notizen

Vom Miteinander der Soldaten

Zuweilen entluden einige dienstältere Soldaten den permanenten psychischen und physischen Druck des Kasernenlebens auf ihre jüngeren Kameraden. Letztere fungierten als eine Art Blitzableiter. Aber auch niedere Beweggründe, wie Häme, Spott und Freude an der Erniedrigung Schwächerer spiegelten sich in abnormen Handlungen wider. Ganz besonders taten sich dabei die sogenannten EK-s bzw. EKD-s hervor. Diese Abkürzungen standen für „Entlassungskandidat" und „Entlassungskandidat vom Dienst". Die Aktionen jener aufgeblasenen kleinen Könige unterschieden sich in naive Spielereien sowie in respektlose persönlich beleidigende Handlungen. Ihre letzten Tage des Aufenthalts bei der Fahne versuchten sie mit sogenannten EK-Festspielen auszufüllen. Dazu gehörten eigene Liedformen wie :"EKa, EKa, EKa, bald sind wir nicht mehr da..." Ständig nervten sie uns dienstjüngere Soldaten mit ihren Bandmaßen und Wettscheinen vom Zahlenlotto und Sechs aus Neunundvierzig. Von ihrem Bandmaß schnitten sie täglich einen Zentimeter ab, der einen Tag symbolisierte, den sie nun weniger dienen mussten. Bei den Lottoscheinen strich man stets eine Zahl durch. Den genannten Spuk betrieben die EK-s als ernsthaftes Ritual.

Man wäre geneigt gewesen, den illustren Persönlichkeiten diesen Nonsens nachzusehen, wenn sie sich nicht so überheblich gegenüber den Dienstjüngeren verhalten hätten. Das galt besonders für Soldaten des ersten Halbjahres. Ausdrucksweisen wie junge Spritzer oder Rotär...e galten als gängige Anreden.

Ganz besonders einfallsreich zeigten sich die EK-s im Spiel „Schildkröte". Dazu wurden dem Opfer vier Stahlhelme unter die Ellenbogen- und Kniegelenke gebunden, um sie dann mit hohem Schwung über den glattgebohnerten Steinboden des Kasernenflurs zu schleudern. Das schepperte und hallte so lange, bis die „Schildkröte" an der Rückwand des Korridors abrupt stoppte. Ein Helm auf dem Kopf verhinderte Schlimmeres. Als der Spieß verwundert die Tür seines Dienstzimmers aufriss, sah er nur das hilflose Opfer auf dem gefliesten Boden liegen. Die Urheber des Spektakels hatten sich längst abgesetzt. Um weiteren Gängeleien zu entgehen, gab der Geschundene lieber keine Auskunft.

Soldaten, die als Unteroffiziersschüler bzw. -anwärter noch der gemeinen Truppe angehörten, liefen als erste Gefahr, veräppelt zu werden. Im Armeejargon hieß das „verar...n". Das betraf im Besonderen sehr Naive, die bereits im heimatlichen Wehrkreiskommando alles glaubten, was man ihnen dort versprach. So überzeugten wir zum Beispiel den Unteroffiziers-Schüler B. aus dem KfZ-Park die neuen Wattekombinationen abzuholen, die dort gar nicht vorrätig waren. Er fiel auf unsere ernsten Gesichter glatt herein und stiefelte sofort los. Wir Bösewichter schauten ihm aus den Fenstern hinterher und beobachteten seine Diskussion mit dem dortigen Stützpunktleiter. Als er wutschnaubend wieder unser Zimmer betrat, lagen wir unter unseren Bettdecken und lachten glucksend.

Als junger Genosse der Partei der SED war man Ansprechpartner von allen und jedem. Die offenen und ehrlichen Diskussionen zu gesellschaftlichen Problemen erfolgten in den Mannschaftsquartieren. Im Politunterricht, den Offiziere oder Feldwebel leiteten, hielten sich die Soldaten aus gutem Grund zurück oder redeten den Ausbildern nach dem Munde. Sie befürchteten Nachteile im täglichen Dienst.

Neben dem verbalen Schlagabtausch zwischen jungen Sozialisten und Systemkritischen kam es manchmal auch zum körperlichen Kräftemessen. Da versuchte doch so ein kerniger, trinkfester Binnenschiffer, mich im Sand des Strandes vom Freibad auf den Rücken zu legen. Die anderen Soldaten der Abteilung bildeten spontan einen Zuschauerring. Sie wähnten, den muskulösen Flusskapitän als Sieger zu erleben. Zur Überraschung vieler behielt nun der Sozialist die Oberhand. So hatte ich nach der politischen Diskussionsrunde auch die physische Kraftprobe für mich entscheiden können.

Manchmal erlebten wir auch Prügeleien unter den Soldaten. Solch eine Auseinandersetzung erfolgte in der Regel nach Trinkgelagen, die beim Ausgang im Standort stattfanden. Dabei schlugen sogar die Saufkumpane aus Freude an der Sache aufeinander los. Vielleicht stellten sie so eine Art Vorkämpfer der heutigen Skinheads dar. Um ungebetene Gäste dieser Art außen vorzuhalten, schlossen wir an solchen Tagen unsere Zimmer zur Schlafenszeit stets vorsorglich von innen ab.

Der militärische Gegner

Im Frühjahr 1966

In unserer militärischen Einheit waren sechs sowjetische Flugabwehrraketen stationiert. Viermal soviel lagen im gesamten Regiment auf den Abschussrampen. Sie sicherten den nördlichen Teil des Luftraums der damaligen innerdeutschen Grenze. Als Mitgliedstaat des Warschauer Vertrages sollte die nationale Volksarmee der DDR deren Schutz sicherstellen.

Die militärische Verteidigungsdoktrin beinhaltete deutlich formulierte Regelungen: Luftraumverletzer hatten in letzter Konsequenz mit dem Abschuss zu rechnen. Da beide deutschen Staaten zwei verschiedenen Bündnissen angehörten, standen sich somit deren Soldaten an einer Frontlinie gegenüber. Wenn dort westdeutsche Starfighter-Piloten und hier ostdeutsche Fla-Raketen-Kannoniere in Kampfhandlungen verwickelt werden würden, könnte das mit der Tötung Deutscher durch Deutsche enden. Uns Soldaten blieb nur die Hoffnung, dass es niemals zu einem militärischen Konflikt käme. Der Friedensvertrag und die Einheit Deutschlands beendeten 1990 den bisherigen Staus quo endgültig und dauerhaft.

Damals, während meiner Militärdienstzeit als Wehpflichtiger, übten wir Soldaten der so genannten Feuerbatterie ständig ein Programm zur Startbereitschaft der Raketen. Sie wurden auf einer Lafette mit Hilfe eines Krans montiert, zur Startrampe geleitet, auf deren schwenkbare Wiege gezogen und zuletzt betankt. Von diesen nun einsatzbereiten Waffen befanden sich sechs Stück ringsherum um eine so bezeichnete Rundblickstation, dem Radar. Aufmerksam verfolgte die technische Besatzung jede Flugaktivität auf dem Radarschirm, die fortlaufend auf einer gegenüberliegenden durchsichtigen monumentalen Plexiglasscheibe aufgezeichnet wurde. Vorerst stiegen zur Abschreckung sowjetische MIG-Jäger auf, um die Grenzverletzer abzudrängen oder gegebenenfalls zur Landung zu zwingen. Im Falle eines Raketenstarts würde diese den feindlichen Flugkörper auf einem Funkleitstrahl bis zu einer Höhe von ca. 12000 m präzise erreichen. Ein stählerner Sprengkopf detoniert dann kurz davor. Etwa 3000 Metallsplitter zerfetzen die Aussenhaut des Zielobjekts. Die überlebenden Piloten würden in Gefangenschaft geraten.

So geschah es zeitgleich im Stellvertreterkrieg zwischen der Sowjetunion und den USA in Vietnam.

Im Frühjahr 1995

Wie so oft erstiegen wir den höchsten Gipfel des Harzes, der nun wieder zu Recht den Namen „Berg der Deutschen" trug. Es gesellte sich da ein fremder Wandersmann zu uns und wir kamen ins Gespräch. Nach dem üblichen „Woher und Wohin", „Hüben und Drüben", überraschte mich der ehemalige Berufsstand des Fremden schon sehr. Als Berufssoldat im Rang eines Oberstleutnants hatte er als Starfighter-Pilot den nördlichen Luftraum der Bundesrepublik an der östlichen Landesgrenze abgesichert, zur gleichen Zeit, als ich als wehrpflichtiger Soldat auf der gegenüberliegenden Seite die Fla-Raketenabwehr in Verteidigungsbereitschaft gehalten hatte. In diesem Augenblick saßen sich nun die Gegner von einst im freundlichen Gespräch an einem Tisch gegenüber. Mit unseren gefüllten Gläsern stießen wir auf eine gemeinsame, bessere Zukunft an.

Platz für eigene Notizen

Nachwort

Als Jahrgang 1943 wurde ich im November 1965 als Wehrpflichtiger eingezogen. Meine Erinnerungen zum „Ehrendienst" in der Nationalen Volksarmee schrieb ich erst im späteren Lebensabschnitt nieder. Die Begründung hierfür ist schnell gegeben. Vor 1990 wäre das Buch aus politischen Gründen und wegen Papiermangels niemals in Druck gegangen. Sicherlich hätte ich wegen Verunglimpfung der NVA mit Konsequenzen rechnen müssen.

Im weiteren Berufsleben fehlte mir die Zeit zum Schreiben. Ein Zusatzstudium stand vorerst an.

Kürzlich las ich zufällig die Chronik über meine Raketeneinheit. Sie wurde von ehemaligen Berufssoldaten geschrieben und mit Erinnerungsfotos gestaltet. Wie groß war meine Überraschung, als ich auf mehreren Bildern den besagten Ausbilder „Gockel" H. entdeckte. Nach über dreißig Dienstjahren hatte er im Beitrittsjahr 1990 im Range eines Stabsoberfähnrichs ins Zivilleben gewechselt. Laut Chronik war „Gockel" der dienstälteste „Spieß" des Regiments.

So sind noch Generationen von Soldaten in den Genuss der militärischen Ausbildung dieses „verdienstvollen" Stabsoberfähnrichs gekommen.

Das Gelände der ehemaligen Fla-Raketeneinheit wurde inzwischen renaturisiert.

Bernd Ozminski   Wernigerode, im Juni 2014